同题散文经典

陈子善 蔡翔 ◎ 编

公园

从百草园到三味书屋

鲁迅 朱自清 等 ◎ 著

人民文学出版社

**图书在版编目(CIP)数据**

从百草园到三味书屋　公园 / 鲁迅等著；陈子善，蔡翔编.
—北京：人民文学出版社，2017(2024.10重印)
（同题散文经典）
ISBN 978-7-02-012778-8

Ⅰ.①从…　Ⅱ.①鲁…　②陈…　③蔡…　Ⅲ.①鲁迅散
文-散文集②散文集-中国-现代③散文集-中国-当代
Ⅳ.①I210.4②I266

中国版本图书馆 CIP 数据核字(2017)第 099872 号

责任编辑：卜艳冰　张玉贞
封面设计：汪佳诗

出版发行　人民文学出版社
社　　　址　北京市朝内大街 166 号
邮政编码　100705

印　　　刷　山东新华印务有限公司
经　　　销　全国新华书店等

开　　　本　890 毫米×1240 毫米　1/32
印　　　张　6.5
插　　　页　2
字　　　数　140 千字
版　　　次　2017 年 7 月北京第 1 版
印　　　次　2024 年 10 月第 4 次印刷

书　　　号　978-7-02-012778-8
定　　　价　39.00 元

如有印装质量问题，请与本社图书销售中心调换。电话：010-65233595

# 编辑例言

中国素来是散文大国,古之文章,已传唱千世。而至现代,散文再度勃兴,名篇佳作,亦不胜枚举。散文一体,论者尽有不同解释,但涉及风格之丰富多样,语言之精湛凝练,名家又皆首肯之。因此,在时下"图像时代"或曰"速食文化"的阅读气氛中,重读散文经典,便又有了感觉母语魅力的意义。

本着这样的心愿,我们对中国现当代的散文名篇进行了重新的分类编选。比如,春、夏、秋、冬,比如风、花、雪、月等等。这样的分类编选,可能会被时贤议为机械,但其好处却在于每册的内容相对集中,似乎也更方便一般读者的阅读。

这套丛书将分批编选出版,并冠之以不同名称。选文中一些现代作家的行文习惯和用词可能与当下的规范不一致,为尊重历史原貌,一律不予更动。考虑到丛书主要面向一般读者,选文不再注明出处。由于编选者识见有限,挂一漏万在所难免,因此,遗珠之憾也将存在。这些都只能在编选过程中逐步弥补,敬请读者诸君多多指教。

# 目录

园

# 从百草园到三味书屋

◎鲁迅

　　我家的后面有一个很大的园,相传叫作百草园。现在是早已并屋子一起卖给朱文公的子孙了,连那最末次的相见也已经隔了七八年,其中似乎确凿只有一些野草;但那时却是我的乐园。

　　不必说碧绿的菜畦,光滑的石井栏,高大的皂荚树,紫红的桑椹;也不必说鸣蝉在树叶里长吟,肥胖的黄蜂伏在菜花上,轻捷的叫天子(云雀)忽然从草间直窜向云霄里去了。单是周围的短短的泥墙根一带,就有无限趣味。油蛉在这里低唱,蟋蟀们在这里弹琴。翻开断砖来,有时会遇见蜈蚣;还有斑蝥,倘若用手指按住它的脊梁,便会啪的一声,从后窍喷出一阵烟雾。何首乌藤和木莲藤缠络着,木莲有莲房一般的果实,何首乌有臃肿的根。有人说,何首乌根是有像人形的,吃了便可以成仙,我于是常常拔它起来,牵连不断地拔起来,也曾因此弄坏了泥墙,却从来没有见过有一块根像人样。如果不怕刺,还可以摘到覆盆子,像小珊瑚珠攒成的小球,又酸又甜,色味都比桑椹要好得远。

　　长的草里是不去的,因为相传这园里有一条很大的赤练蛇。

　　长妈妈曾经讲给我一个故事听:先前,有一个读书人住在古庙里用功,晚间,在院子里纳凉的时候,突然听到有人在叫他。答应着,四面看时,却见一个美女的脸露在墙头上,向他一笑,隐去了。他很高兴;但竟给那走来夜谈的老和尚识破了机关。说他脸上有些妖气,一定遇见"美女蛇"了;这是人首蛇身的怪物,能唤人名,倘一答应,夜间便要来吃这人的肉的。他自然吓得要死,而那老和尚却道无妨,给他一个小盒子,说只要放在枕边,便可高枕而卧。他虽然照样办,却总是睡不着,——当然睡不着的。到半夜,果然来了,沙沙沙!门外像是风雨声。他正抖作一团时,却听得豁的一声,一道金光从枕边飞出,外面便什么声音也没有了,那金光也就飞回来,敛在盒子里。后来呢?后来,老和尚说,这是飞蜈蚣,它能吸蛇的脑髓,美女蛇就被它治死了。

结末的教训是:所以倘有陌生的声音叫你的名字,你万不可答应他。

这故事很使我觉得做人之险,夏夜乘凉,往往有些担心,不敢去看墙上,而且极想得到一盒老和尚那样的飞蜈蚣。走到百草园的草丛旁边时,也常常这样想。但直到现在,总还是没有得到,但也没有遇见过赤练蛇和美女蛇。叫我名字的陌生声音自然是常有的,然而都不是美女蛇。

冬天的百草园比较的无味;雪一下,可就两样了。拍雪人(将自己的全形印在雪上)和塑雪罗汉需要人们鉴赏,这是荒园,人迹罕至,所以不相宜,只好来捕鸟。薄薄的雪,是不行的;总须积雪盖了地面一两天,鸟雀们久已无处觅食的时候才好。打开一块雪,露出地面,用一枝短棒支起一面大的竹筛来,下面撒些秕谷,棒上系一条长绳,人远远地牵着,看鸟雀下来啄食,走到竹筛底下的时候,将绳子一拉,便罩住了。但所得的是麻雀居多,也有白颊的"张飞鸟",性子很躁,养不过夜的。

这是闰土的父亲所传授的方法,我却不大能用。明明见它们进去了,拉了绳,跑去一看,却什么都没有,费了半天力,捉住的不过三四只。闰土的父亲是小半天便能捕获几十只,装在叉袋里叫着撞着的。我曾经问他得失的缘由,他只静静地笑道:"你太性急,来不及等它走到中间去。"

我不知道为什么家里的人要将我送进书塾里去了,而且还是全城中称为最严厉的书塾。也许是因为拔何首乌毁了泥墙罢,也许是因这将砖头抛到间壁的梁家去了罢,也许是因为站在石井栏上跳了下来罢,……都无从知道。总而言之:我将不能常到百草园了。Ade,我的蟋蟀们! Ade,我的覆盆子们和木莲们! ……

出门向东,不上半里,走过一道石桥,便是我的先生的家了。从一扇黑油的竹门进去,第三间是书房。中间挂着一块匾道:三味书屋;匾下面是一幅画,画着一只很肥大的梅花鹿伏在古树下。没有孔子牌位,我们便对着那匾和鹿行礼。第一次算是拜孔子,第二次算是拜先生。

第二次行礼时,先生便和蔼地在一旁答礼。他是一个高而瘦的老人,须发都花白,还戴着大眼镜。我对他很恭敬,因为我早听到,他是本城中极方正,质朴,博学的人。

不知从哪里听来的,东方朔也很渊博,他认识一种虫,名曰"怪哉",冤气所化,用酒一浇,就消释了。我很想详细地知道这故事,但阿长是不知道的,因为她毕竟不渊博。现在得到机会了,可以问先生。

"先生,'怪哉'这虫,这怎么一回事?……"我上了生书,将要退下来的时候,赶忙问。

"不知道!"他似乎很不高兴,脸上还有怒色了。

我才知道做学生是不应该问这些事的,只要读书,因为他是渊博的宿儒,决不至于不知道;所谓不知道者,乃是不愿意说。年纪比我大的人,往往如此,我遇见过好几回了。

我就只读书,正午习字,晚上对课。先生最初这几天对我很严厉,后来却好起来了,不过给我读的书渐渐加多,对课也渐渐地加上字去,从三言到五言,终于到七言。

三味书屋后面也有一个园,虽然小,但在那里也可以爬上花坛去折腊梅花,在地上或桂花树上寻蝉蜕。最好的工作是捉了苍蝇喂蚂蚁,静悄悄地没有声音。然而同窗们到园里的太多,太久,可就不行了,先生在书房里便大叫起来:

"人都到哪里去了?!"

人们便一个一个陆续走回去;一同回去,也不行的。他有一条戒尺,但是不常用,也有罚跪的规则,但也不常用,普通总不过瞪几眼,大声道:

"读书!"

于是大家放开喉咙读一阵书,真是人声鼎沸。有念"仁远乎哉我欲仁斯仁至矣"的,有念"笑人齿缺曰狗窦大开"的,有念"上九潜龙勿用"的,有念"厥土下上上错厥贡包茅橘柚"的……先生自己也念书。后来,我们的声音便低下去,静下去了,只有他还大声朗读着:

"铁如意,指挥倜傥,一座皆惊呢……;金叵罗,颠倒淋漓噫,千杯未醉嗬……"

我疑心这是极好的文章,因为读到这里,他总是微笑起来,而且将头仰起,摇着,向后面拗过去,拗过去。

先生读书入神的时候，于我们是很相宜的。有几个便用纸糊的盔甲套在指甲上做戏。我是画画儿，用一种叫作"荆川纸"的，蒙在小说的绣像上一个个描下来，像习字时候的影写一样。读的书多起来，画的画也多起来；书没有读成，画的成绩却不少了，最成片段的是《荡寇志》和《西游记》的绣像，都有一大本。后来，因为要钱用，卖给一个有钱的同窗了。他的父亲是开锡箔店的；听说现在自己已经做了店主，而且快要升到绅士的地位了。这东西早已没有了罢。

# 访沈园

◎郭沫若

## 一

绍兴的沈园,是南宋诗人陆游写《钗头凤》的地方。当年著名的林园,其中一部分已经辟为"陆游纪念室"。

## 二

《钗头凤》的故事,是陆游生活中的悲剧。他在二十岁时曾经和他的表妹唐琬(蕙仙)结婚,伉俪甚笃。但不幸唐琬为陆母所不喜,二人被迫离析。

十余年后,唐琬已改嫁赵家,陆游也已另娶王氏。一日,陆游往游沈园,无心之间与唐琬及其后夫赵士程相遇。陆既未忘前盟,唐亦心念旧欢。唐劝其后夫遣家童送陆酒肴以致意。陆不胜悲痛,因题《钗头凤》一词于壁。其词云:

红酥手,黄滕酒,满城春色宫墙柳。东风恶,欢情薄,一怀愁绪,几年离索。错,错,错。

春如旧,人空瘦,泪痕红浥鲛绡透。桃花落,闲池阁,山盟虽在,锦书难托。莫,莫,莫。

这词为唐琬所见，她还有和词，有"病魂常似秋千索"，"怕人寻问，咽泪装欢，瞒，瞒，瞒"等语。和词韵调不甚谐，或许是好事者所托。但唐终抑郁成病，至于夭折。我想，她的早死，赵士程是不能没有责任的。

四十年后，陆游已经七十五岁了。曾梦游沈园，更深沉地触动了他的隐痛。他又写了两首很哀惋的七绝，题目就叫《沈园》。

城上斜阳画角哀，沈园非复旧池台。伤心桥下春波绿，曾是惊鸿照影来。

梦断香消四十年，沈园柳老不吹绵。此身行作稽山土，犹吊遗踪一泫然。

这是《钗头凤》故事的全部，是很动人的一幕悲剧。

## 三

十月二十七日我到了绍兴，留宿了两夜。凡是应该参观的地方，大都去过了。二十九日，我要离开绍兴了。清早，争取时间，去访问了沈园。

在陆游生前已经是"非复旧池台"的沈园，今天更完全改变了面貌。我所看到的沈园是一片田圃。有一家旧了的平常院落，在左侧的门楣上挂着一个两尺多长的牌子，上面写着"陆游纪念室（沈园）"字样。

大门是开着的，我进去看了。里面似乎住着好几家人。只在不大的正中的厅堂上陈列着有关陆游的文物。有陆游浮雕像的拓本，有陆游著作的木板印本，有当年的沈园图，有近年在平江水库工地上发现的陆游第四子陆子坦夫妇的圹记，等等。我跑马观花地看了一遍,又连忙走出来了。

向导的同志告诉我:"在田圃中有一个葫芦形的小池和一个大的方池是当年沈园的故物。"

我走到有些树木掩荫着的葫芦池边去看了一下,一池都是苔藻。池边有些高低不平的土堆,据说是当年的假山。大方池也远远望了一下,水量看来是丰富的,周围是稻田。

待我回转身时,一位中年妇人,看样子好像是中学教师,身材不高,手里拿着一本小书,向我走来。

她把书递给我,说:"我就是沈家的后人,这本书送给你。"

我接过书来看时,是齐治平著的《陆游》,中华书局出版。我连忙向她致谢。

她又自我介绍地说:"老母亲病了,我是从上海赶回来的。"

"令堂的病不严重吧?"我问了她。

"幸好,已经平复了。"

正在这样说着,斜对面从菜园地里又走来了一位青年,穿着黄色军装。赠书者为我介绍:"这是我的儿子,他是从南京赶回来的。"

我上前去和他握了手。想到同志们在招待处等我去吃早饭,吃了早饭便得赶快动身,因此我便匆匆忙忙地告了别。

这是我访问沈园时出乎意外的一段插话。

四

这段插话似乎颇有诗意。但它横在我的心中,老是使我不安,我走得太匆忙了,忘记问清楚那母子两人的姓名和住址。

我接受了别人的礼物，没有东西也没有办法来回答，就好像欠了一笔债的一样。

《陆游》这个小册子，在我的旅行箧里放着，我偶尔取出翻阅。一想到《钗头凤》的故事便使我不能不联想到我所遭遇的那段插话。我依照着《钗头凤》的调子，也酝酿了一首词来：

> 宫墙柳，今乌有，沈园蜕变怀诗叟。秋风袅，晨光好，满畦蔬菜，一池萍藻。草，草，草。
>
> 沈家后，人情厚，《陆游》一册蒙相授。来归宁，为亲病。病情何似？医疗有庆。幸，幸，幸。

的确，"满城春色宫墙柳"的景象是看不见了。但除"满畦蔬菜，一池萍藻"之外，我还看见了一些树木，特别是有两株新栽的杨柳。

陆游和唐琬是和封建社会搏斗过的人。他们的一生是悲剧，但他们是胜利者。封建社会在今天已经被和根推翻了，而他们的优美形象却永远活在人们的心里。

沈园变成了田圃，在今天看来，不是零落，而是蜕变。世界改造了，昨天的富室林园变成了今天的人民田圃。今天的"陆游纪念室"还只是细胞，明天的"陆游纪念室"会发展成为更美丽的池台——人民的池台。

陆游有知，如果他今天再到沈园来，他决不会伤心落泪，而是会引吭高歌的。他会看到桥下的"惊鸿照影"——那唐琬的影子，真像飞鸿一样，永远在高空中飞翔。

# 娱园

◎周作人

　　有三处地方，在我都是可以怀念的——因为恋爱的缘故。第一是《初恋》里说过了的杭州，其二是故乡城外的娱园。

　　娱园是皋社诗人秦秋渔的别业，但是连在住宅的后面，所以平常只称作花园。这个园据王眉叔的《娱园记》说，是"在水石庄，枕碧湖，带平林，广约顷许。曲构云缭，疏筑花幕。竹高出墙，树古当户。离离蔚蔚，号为胜区"。园筑于咸丰丁巳（一八五七年），我初到那里是在光绪甲午，已在四十年后，遍地都长了荒草，不能想见当时"秋夜联吟"的风趣了。园的左偏有一处名叫潭水山房，记中称它"方池湛然，帘户静镜，花水孕谷，笋石饭蓝"的便是。《娱园诗存卷三》中有诸人题词，樊樊山的《望江南》云：

　　冰谷净，山里钓人居。花覆书床偎瘦鹤，波摇琴幌散文鱼：水竹夜窗虚。

陶子缜的一首云：

　　澄潭莹，明瑟敞幽房。茶火瓶笙山蛎洞，柳丝泉筑水凫床：古幨写秋光。

　　这些文字的费解虽然不亚于公府所常发表的骈体电文，但因此总可约略想见它的幽雅了。我们所见只是废墟，但也觉得非常有趣，儿童的感觉原自要比大人新鲜，而且在故乡少有这样游乐之地，也是一个原因。

娱园主人是我的舅父的丈人，舅父晚年寓居秦氏的西厢，所以我们常有游娱园的机会。秦氏的西邻是沈姓，大约因为风水的关系，大门是偏向的，近地都称作"歪摆台门"。据说是明人沈青霞的嫡裔，但是也已很是衰颓，我们曾经去拜访他的主人，乃是一个二十岁左右的青年，跛着一足，在厅房里聚集了七八个学童，教他们读《千家诗》。娱园主人的儿子那时是秦氏的家主，却因吸烟终日高卧，我们到傍晚去找他，请他画家传的梅花，可惜他现在早已死去了。

忘记了是哪一年，不过总是庚子以前的事吧。那时舅父的独子娶亲（神安他们的魂魄，因为夫妇不久都去世了），中表都聚在一处，凡男的十四人，女的七人。其中有一个人和我是同年同月生的，我称她为姊，她也称我为兄：我本是一只"丑小鸭"，没有一个人注意的，所以我隐秘的怀抱着的对于她的情意，当然只是单面的，而且我知道她自小许给人家了，不容再有非分之想，但总感着固执的牵引，此刻想起来，倒似乎颇有中古诗人（Troubadour）的余风了。当时我们住在留鹤庵里，她们住在楼上。白天里她们不在房里的时候，我们几个较为年少的人便"乘虚内犯"走上楼去掠夺东西吃：有一次大家在楼上跳闹，我仿佛无意似的拿起她的一件雪青纺绸衫穿了跳舞起来，她的一个兄弟也一同闹着，不曾看出什么破绽来，是我很得意的一件事。后来读木下木太郎的《食后之歌》看到一首《绛绢里》不禁又引起我的感触。

> 到龛上去取笔去，
> 钻过晾着的冬衣底下，

触着了女衫的袖子。

说不出的心里的扰乱，

"呀"地缩头下来：

南无，神佛也未必见罪吧，

因为这已是故人的遗物了。

在南京的时代，虽然在日记上写了许多感伤的话(随后又都剪去，所以现在记不起它的内容了)，但是始终没有想及婚嫁的关系。在外边飘流了十二年之后，回到故乡，我们有了儿女，她也早已出嫁，而且抱着痼疾，已经与死当面立着了，以后相见了几回，我又复出门，她不久就平安过去。至今她只有一张早年的照相在母亲那里，因她后来自己说是母亲的义女，虽然没有正式的仪节。

自从舅父全家亡故之后，二十年没有再到娱园的机会，相比以前必更荒废了。但是它的印象总是隐约地留在我脑底，为我心中的火焰(Fiammetta)的余光所映照着。

1923 年 3 月

# 《苏州园林》序

◎叶圣陶

一九五六年,同济大学出版陈从周教授编撰的《苏州园林》,园林的照片多到一百九十五张,全都是艺术的精品:这可以说是建筑界和摄影界的一个创举。我函购了这本图册,工作余闲翻开来看看,老觉得新鲜有味,看一回是一回愉快的享受。过了十八年,我开始与陈从周教授相识,才知道他还擅长绘画。他赠我好多幅松竹兰菊,全是佳作,笔墨之间透出神韵。我曾经填一阕《洞仙歌》谢他,上半专就他的《苏州园林》着笔,现在抄在这儿:"园林佳辑,已多年珍玩。拙政诸图寄深眷。想童时常与窗侣嬉游,踪迹遍山径楼廊汀岸。"这是说《苏州园林》使我回想到我的童年。

苏州园林据说有一百多处,我到过的不过十多处。其他地方的园林我也到过一些。倘若要我说说总的印象,我觉得苏州园林是我国各地园林的标本,各地园林或多或少都受到苏州园林的影响。因此,谁如果要鉴赏我国的园林,苏州园林就不该错过。

设计者和匠师们因地制宜,自出心裁,修建成功的园林当然各各不同。可是苏州各个园林在不同之中有个共同点,似乎设计者和匠师们一致追求的是:务必使游览者无论站在哪个点上,眼前总是一幅完美的图画。为了达到这个目的,他们讲究亭台轩榭的布局,讲究假山池沼的配合,讲究花草树木的映衬,讲究近景远景的层次。总之,一切都要为构成完美的图画而存在,决不容许有欠美伤美的败笔。他们惟愿游览者得到"如在图画中"的实感,而他们的成绩实现了他们的愿望,游览者来到园里,没有一个不心里想着口头说着"如在图画中"的。

我国的建筑,从古代的宫殿到近代的一般住房,绝大部分是对称的,左边怎么样,右边也是怎么样。苏州园林可决不讲究对称,好像故意避免似的。东边有了一个亭子或者一条回廊,西边决不会来一个同样的亭子或者一道同样的回廊。这是为什么?我想,用图画来比方,对称的建筑是图案画,不是美术画,而园林是美术画,美术画要求自然之趣,是不讲究对称的。

苏州园林里都有假山和池沼。假山的堆叠可以说是一项艺术而不仅是技术。或者是重峦叠嶂,或者是几座小山配合着竹子花木,全在乎设计者和匠师们生平多阅历,胸中有丘壑,才能使游览者远望的时候仿佛观赏宋元工笔云山或者倪云林的小品,攀登的时候忘却苏州城市,只觉得在山间。至于池沼,大多引用活水。有些园林池沼宽畅,就把池沼作为全园的中心,其他景物配合着布置。水面假如成河道模样,往往安排桥梁。假如安排两座以上的桥梁,那就一座一个样,决不雷同。池沼或河道的边沿很少砌齐整的石岸,总是高低屈曲任其自然。还在那儿布置几块玲珑的石头,或者种些花草:这也是为了取得从各个角度看都成一幅画的效果。池沼里养着金鱼或各色鲤鱼,夏秋季节荷花或睡莲开放。游览者看"鱼戏莲叶间",又是入画的一景。

苏州园林栽种和修剪树木也着眼在画意。高树与低树俯仰生姿。落叶树与常绿树相间，花时不同的多种花树相间，这就一年四季不感到寂寞。没有修剪得像宝塔那样的松柏，没有阅兵式似的道旁树：因为依据中国画的审美观点看，这是不足取的。有几个园里有古老的藤萝，盘曲嶙峋的枝干就是一幅好画。开花的时候满眼的珠光宝气，使游览者只感到无限的繁华和欢悦，可是没法细说。

　　游览苏州园林必然会注意到花墙和廊子。有墙壁隔着，有廊子界着，层次多了，景致就见得深了。可是墙壁上有砖砌的各式镂空图案，廊子大多是两边无所依傍的，实际是隔而不隔，界而未界，因而更增加了景致的深度。有几个园林还在适当的位置装上一面大镜子，层次就更多了，几乎可以说把整个园林翻了一番。

　　游览者必然也不会忽略另外一点，就是苏州园林在每一个角落都注意图画美。阶砌旁边栽几丛书带草。墙上蔓延着爬山虎或者蔷薇木香。如果开窗正对着白色墙壁，太单调了，给补上几竿竹子或几棵芭蕉。诸如此类，无非要游览者即使就极小范围的局部看，也能得到美的享受。

　　苏州园林里的门和窗，图案设计和雕镂琢磨功夫都是工艺美术的上品。大致说来，那些门和窗尽量工细而决不庸俗，即使简朴而别具匠心，四扇，八扇，十二扇，综合起来看，谁都要赞叹这是高度的图案美。摄影家挺喜欢这些门和窗，他们斟酌着光和影，摄成称心满意的照片。

　　苏州园林与北京的园林不同，极少使用彩绘。梁和柱子以及门窗阑干大多漆广漆，那是不刺眼的颜色。墙壁白色。有些室内墙壁下半截铺水磨方砖，淡灰色和白色对称。屋瓦和檐漏一律淡灰色。这些颜色与草木的绿色配合,引起人们安静闲适的感觉。而到各种花开的时节,却更显得各种花明艳照眼。

可以说的当然不止以上写的这些,病后心思体力还差,因而不再多写。我还没有看见风光画报出版社的这册《苏州园林》,既承嘱我作序,我就简略地说说我所想到感到的。我想这一册的出版是陈从周教授《苏州园林》的继续,里边必然也有好些照片可以与我的话互相印证的。

1979 年 2 月 6 日

# 非正式的公园

◎老舍

济南的公园似乎没有引动我描写它的力量，虽然我还想写那么一两句；现在我要写的地方，虽不是公园，可是却比公园强得多，所以——非正式的公园；关于那正式的公园，只好，虽然还想写那么一两句，待之将来。

这个地方便是齐鲁大学，专从风景上看。齐大在济南的南关外，空气自然比城里的新鲜，这已得到成个公园的最要条件。花木多，又有了成个公园的资格。确是有许多人到那里玩，意思是拿它当作——非正式的公园。

逛这个非正式的公园以夏天为最好。春天花多，秋天树叶美，但是只在夏天才有"景"，冬天没有什么特色。

当夏天，进了校门便看见一座绿楼，楼前一大片绿草地，楼的四围全是绿树，绿树的尖上浮着一两个山峰，因为绿树太密了，所以看不见树后的房子与山腰，使你猜不到绿荫后边还有什么；深密伟大，你不由得深吸一口气。绿楼？真的，"爬山虎"的深绿肥大的叶一层一层地把楼盖满，只露着几个白边的窗户；每阵小风，使那层层的绿叶掀动，横着竖着都动得有规律，一片竖立的绿浪。

往里走吧，沿着草地——草地边上不少的小蓝花呢——到了那绿荫深处。这里都是枫树，树下四条洁白的石凳，围着一片花池。花池里虽没有珍花异草,可是也有可观;况且往北有一条花径,全是小红玫瑰。花径的北端有两大片洋葵,深绿叶,浅红花;这两片花的后面又有一座楼,门前的白石阶栏像享受这片鲜花的神龛。楼的高处,从绿槐的密叶的间隙里看到,有一个大时辰钟。

往东西看,西边是一进校门便看见的那座楼的侧面与后面,与这座楼平行,花池东边还有一座;这两座楼的侧面山墙,也都是绿的。花径的南端是白石的礼堂,堂前开满了百日红,壁上也被绿蔓爬匀。那两座楼后,两大片草地,平坦,深绿,像张绿毯。这两块草地的南端,又有两座楼,四周围蔷薇做成短墙。设若你坐在石凳上,无论往哪边看,视线所及不是红花,便是绿叶;就是往上下看吧:下面是绿草,红花,与树影;上面是绿枫树叶。往平里看,有时从树隙花间看见女郎的一两把小白伞,有时看见男人的白大衫。伞上衫上时时落上些绿的叶影。人不多,因为放暑假了。

拐过礼堂,你看见南面的群山,绿的。山前的田,绿的。一个绿海,山是那些高的绿浪。

礼堂的左右,东西两条绿径,树荫很密,几乎见不着阳光。顺着这绿径走,不论是往西往东,你看见些小的楼房,每处有个小花园。园墙都是矮松做的。

春天的花多,特别是丁香和玫瑰,但是绿得不到家。秋天的红叶美,可是草变黄了。冬天树叶落净,在园中便看见了山的大部分,又欠深远的意味。只有夏天,一切颜色消沉在绿的中间,由地上一直绿到树上浮着的绿山峰,成为以绿为主色的一景。

# 废园外

◎巴金

晚饭后出去散步，走着走着又到了这里来了。

从墙的缺口望见园内的景物，还是一大片欣欣向荣的绿叶。在一个角落里，一簇深红色的花盛开，旁边是一座毁了的楼房的空架子。屋瓦全震落了，但是楼前一排绿栏杆还摇摇晃晃地悬在架子上。

我看看花，花开得正好，大的花瓣，长的绿叶。这些花原先一定是种在窗前的。我想，一个星期前，有人从精致的屋子里推开小窗眺望园景，赞美的眼光便会落在这一簇花上。也许还有人整天倚窗望着园中的花树，把年轻人的渴望从眼里倾注在红花绿叶上面。

但是现在窗没有了，楼房快要倾塌了。只有园子里还盖满绿色。花还在盛开。倘使花能够讲话，它们会告诉我，它们所看见的窗内的面颜，年轻的，中年的。是的，年轻的面颜，可是，如今永远消失了。因为花要告诉我的不止这个，它们一定要说出八月十四日的惨剧。精致的楼房就是在那天毁了的。不到一刻钟的工夫，一座花园便成了废墟了。

我望着园子，绿色使我的眼睛舒畅。废墟么？不，园子已经从敌人的炸弹下复活了。在那些带着旺盛生命的绿叶红花上，我看不出一点被人践踏的痕迹。但是耳边忽然响起一个

废
园
外

女人的声音:"陈家三小姐,刚才挖出来。"我回头看,没有人。这句话还是几天前,就是在惨剧发生后的第二天听到的。

那天中午我也走过这个园子,不过不是在这里,是在另一面,就是在楼房的后边。在那个中了弹的防空洞旁边,在地上或者在土坡上,我记不起了,躺着三具尸首,是用草席盖着的。中间一张草席下面露出一只瘦小的腿,腿上全是泥土,随便一看,谁也不会想到这是人腿。人们还在那里挖掘。远远地在一个新堆成的土坡上,也是从炸塌了的围墙缺口看进去,七八个人带着悲戚的面容,对着那具尸体发愣。这些人一定是和死者相识的罢。那个中年妇人指着露腿的死尸说:"陈家三小姐,刚才挖出来。"以后从另一个人的口里我知道了这个防空洞的悲惨故事。

一只带泥的腿,一个少女的生命。我不认识这位小姐,我甚至没有见过她的面颜。但是望着一园花树,想到关闭在这个园子里的寂寞的青春,我觉得心里被什么东西搔着似的痛起来。连这个安静的地方,连这个渺小的生命,也不为那些太阳旗的空中武士所宽容。两三颗炸弹带走了年轻人的渴望。炸弹毁坏了一切,甚至这个寂寞的生存中的微弱的希望。这样地逃出囚笼,这个少女是永远见不到园外的广大世界了。

花随着风摇头,好像在叹息。它们看不见那个熟习的窗前的面庞,一定感到寂寞而悲戚罢。

但是一座楼隔在它们和防空洞的中间,使它们看不见一个少女被窒息的惨剧,使它们看不见带泥的腿。这我却是看见了的。关于这我将怎样向人们诉说呢?

夜色降下来,园子渐渐地隐没在黑暗里。我的眼前只有一片黑暗。但是花摇头的姿态还是看得见的。周围没有别的人,寂寞的感觉突然侵袭到我的身上来。为什么这样静?为什么不出现一个人来听我愤慨地讲述那个少女的故事?难道我是在梦里?

脸颊上一点冷,一滴湿。我仰头看,落雨了。这不是梦。我不能长久立在大雨中。我应该回家了。那是刚刚被震坏的家,屋里到处都漏雨。

1941 年 8 月 16 日

園

# 公园

◎朱自清

　　英国是个尊重自由的国家,从伦敦海德公园(Hyde Park)可以看出。学政治的人一定知道这个名字;近年日报的海外电讯里也偶然有这个公园出现。每逢星期日下午,各党各派的人都到这儿来宣传他们的道理。公说公有理,婆说婆有理,井水不犯河水。从耶稣教到共产党,差不多样样有。每一处说话的总是一个人。他站在桌子上,椅子上,或是别的什么上,反正在听众当中露出那张嘴脸就成;这些桌椅等等可得他们自己预备,公园里的长椅子是只让人歇着的。听的人或多或少。有一回一个讲耶稣教的,没一个人听,却还打起精神在讲;他盼望来来去去的游人里也许有一两个三四个五六个……爱听他的,只要有人驻一下脚,他的口舌就算不白费了。

　　见过一回共产党示威,演说的东也是,西也是;有的站在大车上,颇有点巍巍然。按说那种马拉的大车平常不让进园,这回大约办了个特许。其中有个女的约莫四十上下,嗓子最大,说的也最长;说的是伦敦土话,凡是开口音,总将嘴张到不能再大的地步,一面用胳膊助势。说到后来,嗓子哑了,还是一丝不苟地喊下去。天快黑了,他们整队出园喊着口号,标语旗帜也是五光十色的。队伍两旁,又高又大的马巡缓缓跟着,不说话。出的是北门，外面便是热闹的牛津街。

北门这里一片空旷的沙地，最宜于露天演说家，来的最多。也许就在共产党队伍走后吧，这里有人说到中日的事；那时刚过"一·二八"不久，他颇为我们抱不平。他又赞美甘地；却与贾波林相提并论，说贾波林也是为平民打抱不平的。这一比将听众引得笑起来了；不止一个人和他辩论，一位老太太甚至嘀咕着掉头而去。这个演说的即使不是共产党，大约也不是"高等"英人吧。公园里也闹过一回大事：一八六六年国会改革的暴动（劳工争选举权），周围铁栏杆毁了半里多路长，警察受伤了二百五十名。

公园周围满是铁栏杆，车门九个，游人出入的门无数，占地二千二百多亩，绕园九里，是伦敦公园中最大的，来的人也最多。园南北都是闹市，园中心却静静的。灌木丛里各色各样野鸟，清脆的繁碎的语声，夏天绿草地上，洁白的绵羊的身影，教人像下了乡，忘记在世界大城里。那草地一片迷蒙的绿，一片芊绵的绿，像水，像烟，像梦；难得的，冬天也这样。西南角上蜿蜒着一条蛇水，算来也占地三百亩，养着好些水鸟，如苍鹭之类。可以摇船，游泳；并有救生会，让下水的人放心大胆。这条水便是雪莱的情人西河女士（Harriet Westbrook）自沉的地方，那是一百二十年前的事了。

南门内有拜伦立像，是五十年前希腊政府捐款造的；又有座古英雄阿契来斯像，是惠灵顿公爵本乡人造了来纪念他的，用的是十二尊法国炮的铜，到如今却有一百多年了。还有英国现负盛名的雕塑家爱勃司坦（Epstein）的壁雕，是纪念自然学家赫德生的。一个似乎要飞的人，张着臂，仰着头，散着发，有原始的朴拙犷悍之气，表现的是自然精神的化身；左右四只鸟在飞,大小旁正都不相同,也有股野劲儿。这件雕刻的价值,引起过许多讨论。南门内到蛇水边一带游人最盛。夏季每天上午有铜乐队演奏;在栏外听算白饶,进栏得花点票钱,但有椅子坐。游人自然步行的多,也有跑车的,骑马的;骑马的另有一条"马"路。

这园子本来是鹿苑,在里面行猎;一六三五年英王查理一世才将它开放,作赛马和竞走之用。后来变成决斗场。一八五一年第一次万国博览会开在这里,用玻璃和铁搭盖的会场;闭会后拆了盖在别处,专作展览的处所,便是那有名的水晶宫了。蛇水本没有,只有六个池子;是十八世纪初叶才打通的。

海德公园东南差不多毗连着的,是圣詹姆士公园(St. James's Park),约有五百六七十亩。本是沮洳的草地,英王亨利八世抽了水,砌了围墙,改成鹿苑。查理斯二世扩充园址,铺了路,改为游玩的地方;以后一百年里,便成了伦敦最时髦的散步场。十九世纪初才改造为现在的公园样子。有湖,有悬桥;湖里鹅鹕最多,倚在桥栏上看它们水里玩儿,可以消遣日子。周围是白金汉宫,西寺,国会,各部官署,都是最忙碌的所在;倚在桥栏上的人却能偷闲赏鉴那西寺和国会的戈昔式尖顶的轮廓,也算福气了。

海德公园东北有摄政公园,原也是鹿苑;十九世纪初"摄政王"(后为英王乔治四世)才修成现在样子。也有湖,摇的船最好;座位下有小轮子,可以进退自如,滚来滚去顶好玩儿的。野鸽子野鸟很多,松鼠也不少。松鼠原是动物园那边放过来的,只几对罢了;现在却繁殖起来了。常见些老头儿带着食物到园里来喂麻雀,鸽子,松鼠。这些小东西和人混熟了,大大方方到人手里来吃食;看去怪亲热的。别的公园里也有这种人。这似乎比提鸟笼有意思些。

动物园在摄政园东北犄角上，属于动物学会，也有了百多年的历史。搜集最完备，有动物四千，其中哺乳类八百，鸟类二千四百。去逛的据说每年超过二百万人。不用问孩子们去的一定不少；他们对于动物比成人亲近得多，关切得多。只看见教科书上或字典上的彩色动物图，就够捉摸的，不用提实在的东西了。就是成人，可不也愿意开开眼，看看没看过的，山里来的，海里来的，异域来的，珍禽，奇兽，怪鱼？要没有动物园，或许一辈子和这些东西都见不着面呢。再说像狮子老虎，哪能随便见面？除非打猎或看马戏班。但打猎遇着这些，正是拼死活的时候，那里来得及玩味它们的生活状态？马戏班里的呢，也只表演些扭捏的玩艺儿，时候又短，又隔得老远的；哪有动物园里的自然，得看？这还只说的好奇的人；艺术家更可仔细观察研究，成功新创作，如画和雕塑，十九世纪以来，用动物为题材的便不少。近些年电影里的动物趣味，想来也是这么培养出来的；不过那却非动物园所可限了。

伦敦人对动物园的趣味很大，有的报馆专派有动物园的访员，给园中动物作起居注，并报告新来到的东西；他们的通信有些地方就像童话一样。去动物园的人最乐意看喂食的时候，也便是动物和人最亲近的时候。喂食有时得用外交手腕，譬如鱼池吧，若随手将食撒下去，让大家来抢，游得快的，厉害的，不用说占了便宜，剩下的便该活活饿死了。这当然不公道，那一视同仁的管理人一定不愿意的。他得想法子，比方说，分批来喂，那些快的，厉害的，吃完了，便用网将它们拦在一边，再照料别的。各种动物喂食都有一定钟点，著名的裴罗克《伦敦指南》便有一节专记这个。孩子们最乐意的还有骑象,骑骆驼(骆驼在伦敦也算异域珍奇)。再有,游客若能和管理各动物的工人攀谈攀谈,他们会亲切地讲这个那个动物的故事给你听,像传记的片段一般;那时你再去看他说的那些东西,便更有意思了。

园里最好玩儿的事,黑猩猩茶会,白熊洗澡。茶会夏天每日下午五点半举行,有茶,有牛油面包。它们会用两只前足,学人的样子。有时"生手"加入,却往往只用一只前足,牛油也是它来,面包也是它来;这种虽是天然,看的人倒好笑。白熊就是北极熊,从冰天雪地里来,却最喜欢夏天;越热越高兴,赤日炎炎的中午,它们能整个儿躺在太阳里。也爱下水洗澡,身上老是雪白。它们待在熊台上,有深沟为界;台旁有池,洗澡便在池里。池的一边,隔着一层玻璃可以看它们载浮载沉的姿势。但是一冷到华氏表五十度下,就不肯下水,身上的白雪也便慢慢让尘土封上了。

非洲南部的企鹅也是人们特别乐意看的。它有一岁半婴孩这么大,不会飞,会下水,黑翅膀,灰色胸脯子挺得高高的,昂首缓步,旁若无人。它的特别处就在乎直立着。比鹅大不多少,比鸵鸟,鹤,小得多,可是一直立就有人气,便当另眼相看了。自然,别的鸟也有直立着的,可是太小了,说不上。企鹅又拙得好,现代装饰图案有用它的。只是不耐冷,一到冬天,便没精打采的了。

鱼房鸟房也特别值得看。鱼房分淡水房海水房热带房(也是淡水)。屋内黑洞洞的,壁上嵌着一排镜框似的玻璃,横长方。每框里一种鱼,在水里游来游去,都用电灯光照着,像画。鸟房有两处,热带房里颜色声音最丰富,最新鲜;有种上截脆蓝下截褐红的小鸟,不住地飞上飞下,不住地咭咭呱呱,怪可怜见的。

这个动物园各部分空气光线都不错,又有冷室温室,给动物很周到的设计。只是才二百亩地,实在施展不开,小东西还罢了,像狮子老虎老是关在屋里,未免委屈英雄,就是白熊等物虽有特备的台子,还是局蹐得很;这与鸟笼子也就差得有限了。固然,让这些动物完全自由,那就无所谓动物园;可是若能给它们较大的自由,让它们活得比较自然些,看的人岂不更得看些。所以一九二七年,动物学会又在伦敦西北惠勃司奈得(Whipsnade, Bedford-shire)地方成立了一所动物园,有三千多亩;据说,那些庞然大物自如多了,游人看起来也痛快多了。

以上几个园子都在市内,都在泰晤士河北。河南偏西有个大大有名的邱园(Kew Gardens),却在市外了。邱园正名"王家植物园",世界最重要,最美丽的植物园之一;大一千七百五十亩,栽培的植物在二万四千种以上。这园子现在归农部所管,原也是王室的产业,一八四一年捐给国家;从此起手研究经济植物学和园艺学,便渐渐著名了。他们编印大英帝国植物志。又移种有用的新植物于帝国境内——如西印度群岛的波罗蜜,印度的金鸡纳霜,都是他们介绍进去的。园中博物院四所;第二所经济植物学博物院设于一八四八年,是欧洲最早的一个。

但是外行人只能赏识花木风景而已。水仙花最多,四月尾有所谓"水仙花礼拜日",游人盛极。温室里奇异的花也不少。园里有什么好花正开着,门口通告牌上逐日都列着表。暖气室最大,分三部:喜马拉耶室养着石楠和山茶,中国石楠也有,小些;中部正面安排着些大凤尾树和棕榈树;凤尾树真

园

大,得仰起脖子看,伸开两胳膊还不够它宽的。周围绕着些时花与灌木之类。另一部是墨西哥室,似乎没有什么特别的东西。

东南角上一座塔,可不能上;十层,一百五十五尺,造于十八世纪中,那正是中国文化流行欧洲的时候,也许是中国的影响吧。据说还有座小小的孔子庙,但找了半天,没找着。不远儿倒有座彩绘的日本牌坊,所谓"敕使门"①的,那却造了不过二十年。从塔下到一个人工的湖有一条柏树甬道,也有森森之意;可惜树太细瘦,比起我们中山公园,真是小巫见大巫了。所谓"竹园"更可怜,又不多,又不大,也不秀,还赶不上西山大悲庵那些。

---

① 寺院门,敕使参谒时由此行。

# 记春园琐事

◎林语堂

我未到浙西以前,尚是乍寒乍暖时候,及天目回来,已是满园春色了。篱间阶上,有春的踪影,窗前檐下,有春的淑气,"桃含可怜紫,柳发断肠青",树上枝头,红苞绿叶,恍惚受过春的抚摩温存,都在由凉冬惊醒起来,教人几乎认不得。所以我虽未见春之来临,我已知春到园中了。几棵玫瑰花上,有一种蚜虫,像嫩叶一样青葱,都占满了枝头,时时跳动。地下的蚯蚓,也在翻攒园土,滚出一堆一堆的小泥丘。连一些已经砍落,截成一二尺长小段,堆在墙角的杨树枝,也于雨后平空添出绿叶来,教人诧异。现在恍惚又过数星期,晴日时候,已可看见地上的叶影在阳光中波动。这是久久不曾入目的奇景,也正是"国破山河在,城春草木深"的时节。

但是园中人物,却又是另一般光景。人与动物,都感觉春色恼人意味,而不自在起来。不知这是否所谓伤春的愁绪,但是又想不到别种名词。春色确是恼人的。我知这有些不合理。但假定我是乡间牧童,那必不会纳闷,或者全家上下主仆,都可骑在牛背放牛,也必不至于烦躁。但是我们是居在城中,城市总是令人愁。我想"愁"字总是不大好,或者西人所谓"春痱",表示人心之烦恼不安,较近似之。这种的不安,上自人类,下至动物,都是一样的,连我的狗阿杂也在内,我自己倒不怎样，因为我刚自徽州医好了"春痎"回来，但我曾在厨夫面前，夸赞屯溪风景。厨夫偏是徽州人，春来触动故乡情，又听我指天画地的赞叹，而事实上他须天天在提菜篮，切萝卜，洗碗碟，怎禁得他不有几分伤春意味？我的佣人阿经，是一位壮大的江北乡人，他天天在擦地板，揩椅桌，寄邮信，倒茶水，所以他也甚不自在。此外有厨夫的妻周妈——周妈是一位极规矩极勤劳的妇人，一天在洗衣烫衣，靠她两只放过的小脚不停地走动，却不多言语，说话声音是低微的，有笑时，也是乡女天真的笑，毫无城市妇女妖媚态——凡中国传统中妇人的美德，她都有了。只有她不纳闷，不烦躁，因为她有中国人知足常乐的心地，既然置身于小园宅，叶儿是那样青，树儿是那样密，风儿是那样凉，她已经很知足了。但是我总有点不平。她男人以前常拿她的工钱去赌，并且曾把她打得一脸紫黑，后来大家劝他，我立了一条"家法"，才不敢再这样蛮横。他老是不肯带她外出，所以周妈一年到头总居在家中。

但是我是在讲"春痎"。年轻的厨夫，近来有点不耐烦，小菜越来越坏了，吃过饭，杯盘都交给周妈去洗，他便可早早悄悄地外出了。更奇的是，有一天，阿经忽然也来告半天假。这倒出我意外。阿经向来不告假的。我曾许他，每月告假休息一天，但是他未告过假。但是这一天，他说"乡下有人来，须去商量要事"。我知道他也染上"春痎"了。我说："你去吧！但不要去和同乡商量什么要事。还是到大世界或新世界去走一遭，或立在黄浦滩上看看河水吧。"我露齿而笑，阿经心里也许明白我明白他的意思。

阿经正在告假外游时，却另有人在告假常来我家中走动。这是某书局送信的小孩。这小孩久已不来了，因为天天送稿送信,已换了一位大人。现在却似乎非由小孩来不可,就是没有稿件,清样,他也必来走一遭,或者来传一句话,或者来送一本杂志。我明白,他是住在杨树浦街上,所看见的只是人家屋瓦,墙壁,灰泥,垃圾桶,水门汀,周围左右一点也没有绿叶。是的,绿叶有时会由石缝长出,却永不会由水门汀裂缝出来的。现在世界,又没有放小店员去进香或上坟的通例。所以他非来我这边不可,一来又是徘徊不去,因为春已在我的园中,虽然是小小的园中。自然他不是来行春,他不过是来"送信"而已。

人以外,动物也正在发春疟,我的家狗阿杂向来是独身主义者,若在平日,住在家中,他倒也甚觉安闲自在。我永不放他出去,因为他没有挂工部局的狗领,我又不善学西人拉着他兜风去,觉得有碍观瞻。但是现在不行,我的园地太小了,委实太小了;骨头怎样多,他还是不满意。我明白:他要一个她,不管是环肥燕瘦,只要是个她便好了。但是这倒把我难住了。所以他也在发愁。

不但此也,小屋上的鸽子也演出一幕的悲剧。本来我们租来这所房子时,宅中有七八只鸽子,是以前的房客留下的。现只剩了一对小夫妇,在小屋上建设他们快乐的小家庭。他们原打算要生男育女养一小家儿女起来,但是总不成功。因为小鸽出世经旬,未学走先学飞,因而每每跌死。那对少年夫妇歇在对过檐上眨眼儿悲悼的神情,才叫人难受。这回却似乎不同,聊有成功之希望了。因为小鸽已经长得有半斤重,又会跑到窗外,环观这偌大世界,并且已会扇几下翅膀儿。但是有一天阿经忽然喊着说"小鸽死了!"轰动了全家人等出来围问。这小鸽怎样死的呢? 阿经亲眼看见它滚在地上而死。这条命案非我运用点福尔摩斯的本领查不出来。

我走上摸这死鸽项下的食囊。以前他的食囊总是非常饱满的，此刻却是空无一物。窠上尚有两枚鸽蛋。那只母鸽坐在窠中又在孵卵。

"你近来看见那只公的没有？"我盘问起来。

"有好几天不见了。"阿经说。

"最后一次看见是在何时？"

"是上礼拜三看见的。"

"唔！"我点首。

"你看见母鸽出来觅食没有？"

"母鸽不大出来。"

"唔！"我说。

我断定这是一桩遗弃妻子的案件。就是"春疟"作祟。小鸽确系饿死无疑。母鸽既然在孵卵，自然不能离巢觅食。

"薄幸郎！"我慨叹地说。

现在丈夫外逃，小儿又死，母鸽也没心情孵卵了。这小家庭是已经破裂了。母鸽伶仃孤独地歇在对过檐上片刻，顾盼她以前快乐的小家庭一回，便不顾那巢中的蛋，腾翼一飞，不知去向了。我想她以后再也不敢相信公鸽子的话了。

# 游中山公园

◎张恨水

## 上

中山公园在明清之际是社稷坛,一九一四年(民国三年)十月十日开放,定名为中央公园。后中山先生死在北京,一九二五年为纪念先生,改名为中山公园。到今年已四十一年了。

到北京来,中山公园是不能不到的。入门,便见古柏夹道。两边全有游廊,东边游廊通到来今雨轩。西边游廊,又分两路,一条通到兰亭碑亭,一条通过这里的御河桥,直达水榭。向正中看去,石牌坊一个,其下人行大道,东边树木荫浓,西边草地整齐。再前进,有金银花无数本,银木搭架,任金银花盘绕。这里已是古柏凌云,几不见日。下面是水泥铺地,平坦可步。其前为习礼亭,面对红墙一弯,柿子丁香,分排左右。一对狮子,分守着大门,门里面就是社稷坛了。掉首南顾,一带游廊,中间有一所比地还矮三尺的房屋,那就是唐花坞。到这唐花坞来,就要看看这时候花坞里养些什么花。花坞是折面式扇面的屋子,有我们五间屋子大。

唐花坞对过,有一岛式平地,周围全是荷花池子围绕着,平地中间有一所屋,曰四宜轩。这里的杨柳居多,望对过水榭东南角,那杨柳高可拂天,景致更好。过红桥可以在此小歇。又过一桥,一带土山,上面栽满了丁香树,山洼里面,有一个草亭,叫迎晖亭。爬石坡而上有屋半属陆上,半临水居,而且屋宇甚广,四周环连,此即为水榭。外人多借此地开展览会。进而东行,便是游廊。当荷花盛开时,在游廊漫步,莲花微香,才觉妙处。游廊末端,有亭一方,亭中一方大石碑,曰兰亭碑。上刻人物述王羲之三月三日修禊的事。这碑原在圆明园,圆明园火灾以后,便移植此地。出游廊北行,则古柏交加,浓荫伏地,夏季在树荫中小坐,忘暑自至,所以茶馆多设在此地。向北进,过山亭二处,有儿童运动场。此处另辟一门,直通南长街。从前原有一门,跨一长桥,通西华门侧面,现在不必走此弯路了。向东行,依然古柏很密,中有一格言亭,此系中山公园恰到一半的地方。东行为午门。转身南行,经过六方亭、十字亭,达一大厦,即来今雨轩。五月初,公园牡丹盛开。说到牡丹,觉得北京之花,仍以公园为第一。名种之多,约可以分为四大种,即丁香、牡丹、芍药、菊花。而四种之中,仍以牡丹为佳。昔日各公园未开放,北京人要看牡丹,都跑往崇效寺。该寺在宣武门外白纸坊,地极为幽僻。该寺虽牡丹开日,也不过二三十盆花。今公园单以种类论,就有三十多种;再以盆数论,有几百盆之多,和崇效寺比起来,是不可以道里计了。

## 下

中山公园外围,已算游过了,现在该游里面。里面有红墙一道,隔成四方形,统有四重门,一方一个。我们走南方进去,那里是南方种丁香,北方种芍药。社稷坛就在前面,这是公园最中央的地方，坛筑成正方形，三层石阶。土分五色，黄、红、蓝、白、黑。黄色居中心，其余四色，各占一方。四方也是以短墙支起，四面开门。这是从前皇帝祭祀土神谷神之所，在明朝永乐年间就有了。上去是中山堂，从前叫作拜殿。后面还有一个殿，旧日题名，叫作戟门，从明朝传了下来，共有七十二把铁戟，存在这里，八国联军之后，这些戟却没有了。两边还有两块空地全成为花圃。谈到花圃，我们就要谈到菊展了。

本来菊花会，以往京城私人方面也常举行，不过盆数不多，收的种子也不齐。一九五五年中山公园菊花展览，有几千盆之多，就在社稷坛上，用芦席盖了个蔽风雨之所。有多大呢，直有五十步长，宽的上有百步那样宽。遮风雨的棚子下，也有丈来深，一丈多高，这要摆菊花，试问要摆多少？他们又玩些花样，用大盆栽着菊花，花是肉红色，将花编得一样齐，一盆一个字，合起来乃是"菊花展览"四字。站在社稷坛上一望，只觉红的、白的、黄的、紫色的，绿叶托着，一层又一层，摆得有五六尺高，真是万花竞艳，秋色无边。

园

# 拔卓特花园

◎梁实秋

　　国外游历,要看名山大川,但有时看看庭园花木也别有情趣,会心不必在远。加拿大的拔卓特花园(The Butchart Gardens)便不失为一个引人入胜的地方。

　　这花园是在加拿大的维多利亚郊外,城在加拿大西岸的温哥华岛的南端,和美国的西雅图隔一海峡,一衣带水,来往甚便。我一家六口,祖孙三代,乘旅行车清晨由西雅图出发,连车带人搭轮渡过普杰海湾,直趋安哲利斯海港。途中在一小肆买煮烹的海蟹二只,非常硕大。在安哲利斯海港候轮渡时,就在路边取出自备冷餐进午饭。两只海蟹,六人分食,大膏馋吻,但是美国的蟹都是尖脐的,团脐的禁止捞食,无所谓七尖八团之说,而且细品其味,和我们故乡吃高粱稻米长大的河蟹大相径庭,"右手持酒杯,左手持蟹螯,拍浮酒船中"的风味当然更谈不到。我们食毕,轮渡正好开来,又连人带车地上去。海行约一小时,风飘飘而吹衣,为之目旷神怡。到维多利亚,入境手续很简单,有美国侨民身份的只消一句话,什么手续也没有,我是观光客,被请到屋里验护照,问我打算住多久,砰一声橡皮图章敲上去,再饶一句:"希望你玩得高兴!"前后不到两分钟。

　　维多利亚只有一百多年的历史,是观光胜地,水上陆上游艺场所很多,给人印象最深的是拔卓特花园。这花园在白昼和夜晚景色不同,我们为节省时间起见,尽量在其他各处游玩,等到日薄崦嵫的时候才赶到花园去,以便和夜游相衔接。花园门口售票,收取少许费用。有八种语言的说明书备客取阅,中文、英文、法文、德文、意大利文、日文、西班牙文、乌克兰与俄文,这表示世界各地的游客之众多。中文的小册显然是我们当地侨胞的手笔,虽然文字相当生硬,间有不妥的字句,但是我们特感亲切,因为这充分表明我们的侨胞虽然所受教育有限,而在国外艰苦卓绝地努力奋斗,一面在事业上有所建树,一面还能在那环境里保存我们自己的语言文字。对这一篇不大出色的中文说明书的执笔者,我们应有相当的敬意。原文照录如下:

### 域多利拔卓特花园小册子

拔卓特花园位在度湾,距域埠十三里,在他一百三十英亩的产业上,开辟这占有面积二十五英亩的土地,为西北太平洋的游乐场所。

该花园系鲁别罗拔特在他的旧石矿场原址创设的。他为在加之美国泼伦红毛泥业的始创人,自行在附近地方设立红毛泥厂,自任总经理。后来,罗拔特夫人兴之所至,将该荒地悉心经营,在住屋周围,种植花卉,以点缀居住美丽的环境,日将月就,遂蔚然而成世界著名的风景区,每年吸引游客到此参观者不少。

### 日间的游览　由此开始→

我们向上行,经过绿草和水池,一方古木参天,一方夏天盛开的红玫瑰,环绕石柱盘旋向上,郁金香、紫罗兰春天灿烂,古式小屋一幢,隐在背后,其中花草的培植、布

拔
卓
特
花
园

置方法,可称西北太平洋著名的地方。

转左行,许多春夏花草,馥郁缤纷,尤以秋海棠出类拔萃,更加优美,转右行,则是新境花园,石级栏杆,均以红毛泥制成。园中亦有许多东西,是用红毛泥制的,看来像木制成的。该花园有一高墙,约五十尺,青藤蔓生,像一幅天鹅绒帐幕,下面芳径纵横,并有各种著名化石,筑成小壁,花卉混合,繁殖其中。万紫千红翠绿,十分好看。冬天的雪盖满石上,显出了苍劲老气,夏天被大量的红玫瑰拥簇,又是一番新生景致。

远望前头,昔日开采石灰用以制红毛泥的残迹,尚属存在。该部分广植蔷薇,日本樱花。通过小径,柳暗花明又一村,在右边有大石岛,坐在人工艺术湖沼的中央,环湖路铺以石灰石,湖深五十尺,湖边遍植樱花、葡萄和日本枫树,左边有小瀑布由石矿场流下,水花飞舞,直注于湖中,昼夜不停,又有小树林,为拔卓特夫人四十年前所手植者。

湖边绿草如茵,花卉畅茂,垂杨婀娜,又是一片景色。

一九六四年,拔卓特花园举行六十周年纪念,建设一喷水池,今已完成。七彩水花可射上高空达七十尺。蔚为奇观。有高桥流水,春夏种植各种名花异卉,点缀更臻优美。

现有两条路线选择:一是前往音乐会场。另一条是从鲁登树林到此公园,通过短径,到达玫瑰花园,四周环以草茵和绿树,缓步其中,殊觉有异趣。

伫立闸门,蛙式喷水池即在目前,系意大利艺术雕砌,再越过草场,登上另一草场,则一幢住居大厦,玫瑰园每当七月间，玫瑰花盛开，不独在玫瑰花园，即拔卓特整个花园，各处都一样遍植玫瑰，可比国色天香，最为特色。

通过玫瑰花径，出现有英国薄荷，奇香扑鼻。我们跨过较高一级草茵，又到日本花园入门处，即转向左，就是著名的西藏蓝罂粟。拔卓特夫人是北美少有获得这种花草之一人。后来有位巴来船长曾亲自到此介绍这些植物移种于英伦。日本枫树、松杉之属，环着小瀑布。又下一级，有流水小桥、小池，环植杨柳，随风飞舞，令人陶醉，有各种日本花草绿竹，涌现在目前，中置避暑小屋，这强调显露出是日本花园。穿过树林，可通往遍植过坛龙和百合花小谷，行出这树林，就是布连屈湾，在这里可望见一片汪洋，闪闪耀眼，气象万千了。

又由日本花园步落低草场，亦是玫瑰盛开，转下一步，则是星池，有喷水居中，由此又转入意大利花园，古木参天，都是柏树，有马古里像，系佛劳连廷标准的精巧艺术。在东边，则为住宅区，其中有一部分是掷木球场，适合老少玩乐，在西边则为玫瑰堤，衬以绿草及青藤。

意大利公园中央一百合花水池，池中有喷水塔，小鱼游来游去，环以百合花造成的花边，春天遍植郁金香等，夏天又种云苔。

通过隧道又到一大玻璃屋，内中种着各种花草，至夏天时，万千花开，最为伟观。附近有咖啡馆和苗圃。当我们离花园而将出口时，即看见这苗圃，面积四亩半，各种花草种子及幼苗，均在这里培植的。

这拔卓特花园周年开放，供人游览，同时保存创办人个人的事业，以留后世。该花园对于花草的培植和颜色的布置,确有其独到的地方。园中一切花草树木,亦常常种植新颖者,正所谓日新月异。花园面积如此广阔,而一年四季,都保持着美妙的容颜,因为是私家的花园,是拔卓特家所有,如今拔卓特夫妇已去世,交由他们的孙儿罗斯先生代继续经营。

夜间灯光景色:一九五三年起,特别装置彩色灯光,点缀花园景色,更为翠致美观,有如天上星光闪烁,成为北美夜景的最伟大壮观的,每当夏日黄昏,千百灯光,隐约于千红万绿中,令人迷目。

如果欲在夜间游览该花园,请最好能依照这小册子所指示之路线前进,可能随意享受这园中一切景物了。不要急迫,等候灯光开着才可前行。

### 夜间游览　由此开始→

夜间游览,是由入门处沿着左边路径前行,经过苗圃植物室,一路红绿灯光直至著名的新景花园。四周一望,万虑皆空。继续前行,沿途有各种不同的灯火。至一湖沼,有喷水池;复造成一弧形水彩虹,像蜃楼海市。离此沿着红毛泥路至玫瑰花园,越过日本花园,在此流连后又转而至意大利花园,由此复出,也即是先前的入门处了。

我们相信,没论雨晴天时,雪日,你们都是欢喜游览的,希望仕女诸君,尽情享乐,如果未能早日有机会游览这有五十年以上历史的著名花园,请随时争取机会驾临观光。

这说明书有再加说明的必要。这花园原是一位水泥(即所谓"红毛泥")业者的私产,石灰石挖光了,水泥厂只好停工,而山腰上已挖得乱七八糟,东一道沟西一个窟窿,面目全非。

老板娘必是一位有风趣的人,她要美化环境,硬要把报废的水泥厂和石坑变成为一所美丽的花园。这一点心愿就值得赞扬。不要说他们多财善贾还要在脑满肠肥之后附庸风雅,他们挖空一座山腰之后未曾不可扬长而去,另挖别处的一座山腰。工业糟蹋了自然风景,再分出一部分利润来在原处建造花园供后人游览,将功折罪,我们不可再苛求了。

所谓"新境花园",是 Sunken Garden 翻译,宜译意不宜译音,是"下陷花园"之意。这是整个花园之最精彩的所在。行入林中,曲径通幽,忽豁然开朗,面临深谷,可拾级而下,遥望谷中芳草鲜美,百卉杂陈,令人惊奇不已。这不是天然形势,这是大石坑的改造。我们听说过古代世界七大奇观之一的"悬空花园",在巴比伦,公元前六世纪时所造,不过是几层类似梯田的高大建筑物而已。下陷花园正和悬空花园相反,一个向上发展,一个向下发展。居高临下,俯瞰园景,不能不算是一大奇观。可惜的是远远地迎面矗立着一根大烟囱,是水泥厂的唯一遗留物,主人舍不得拆除它,却破坏了整个的气氛,像是孙悟空变作一座小庙,后面翘着一根充作旗杆的尾巴!

西洋花园少不了大片的草地,东一块西一块的像是绿茸茸的毯子,这是最大特色之一。草地是经过栽植、施肥、修剪、灌溉的,和我们的"草色入帘青"的乱草不同。草地永远是齐齐整整的,像新理过发的平头。另一特色是把每一种草卉大量集中在一处,东边一片姹紫,西边一片嫣红,团团簇簇,以多为胜,不容你一株一株地欣赏,一枝一枝地把玩。至于把一些灌木之类的东西修剪得像是一堵墙,或圆球,或方锥,或像是一只鸟,形形色色,不一而足,是西洋园林中习见之物。水池喷泉尤不可或缺,其式样更是变化多端。总之是人工的气味浓厚。照基督教的说法,上帝创造人类之前,先创造了一所伊甸花园,想那花园必定不是这个模样。

我们来此观赏的时候,正是球茎海棠(Begonia)盛开的季节。这种海棠不是鲁迅所艳羡的"吐两口血扶着丫环到阶前看秋海棠"的那个品种的秋海棠,这个品种在国内好像还没有见过,有相当大的球茎,花有各种颜色,大如牡丹、芍药,叶如翠羽,栽在盆里,也可以连盆吊挂起来,花朵簇簇下垂,远远望去,烂若抱锦。这花园里就有一个水泥构筑的棚架,悬挂着百数十盆秋海棠,蔚成一片片花海,真是洋洋大观,令人花下忘归。

拔卓特花园里面又有日本花园、意大利花园各一,我认为虽具巧思,却嫌庸俗。大花园里可以包含景色不同的小花园,于均衡对称之中力求变化,例如圆明园里也有西洋楼,颐和园里也有谐趣园,但是必须有宽敞的地址,不能过分拥挤。这里的日本花园把所有的东洋景色一味缩小充塞在一小块地上,犹如假山盆景,显著小家子气。意大利花园也是一样,有水池、有雕像、有格子棚凉亭阴道,具体而微,就是没有开朗没有肃穆的气象。设计的人想玩噱头,反成败笔。拔卓特花园规模还不够大,应以下陷花园为中心,此外各处多莳应时花卉,多建各式花棚花坛,也就够了,不必再求别的出奇制胜的点缀。

园内餐厅容量太小,顾客登记领牌,一小时后方有入席希望,我们实在无此耐心,就在附近小店买些食物充饥。加拿大的白昼特长,一直到夜晚十点天还黑不下来。我们在露天音乐台听唱歌,时在盛暑,凉意袭人。到十时半开始夜游。有两个可看的地方，一是下陷花园，在若干盏彩色的强力反光灯照耀之下，日本枫树格外地红，松杉格外地绿，有些像是一幅庞大的舞台布景。另一地方是有彩色灯光的喷水池，喷射的水流有变化，彩色亦有变化，周而复始轮流变化，幻出好几种花样，规模相当大，颇有可观。我忽地联想起：当年我们的圆明园里蒋友仁督建的"大水法"，不知有没有这样地动人？

夜色渐深，露凉如水，我们匆匆离去。

翌日，在维多利亚小游半日，无可纪者。午后搭另一轮渡自此直驶西雅图，途经无数岛屿，都葱茏可喜。

园

# 世界公园的瑞士

◎邹韬奋

　　记者此次到欧洲去，原是抱着学习或观察的态度，并不含有娱乐的雅兴，所以号称世界公园的瑞士，本不是我所注意的国家，但为路途经过之便，也到过该国的五个地方，在青山碧湖的环境中，惊叹"世界公园"之名不虚传。因为全瑞士都是在翠绿中，除了房屋和石地外，全瑞士没有一亩地不是绿草如茵的，平常的城市是一个或几个公园，瑞士全国便是一个公园；就是树荫和花草所陪衬烘托着的房屋，他们也喜欢在墙角和窗上栽着或排着艳花绿草，房屋都是巧小玲珑，雅洁簇新的（因为人民自己时常油漆粉刷的，农村中的房屋也都如此）。墙色有绿的，有黄的，有青的，有紫的，隐约显露于树草花丛间，真是一幅美妙绝伦的图画！

　　记者于八月十七日下午十二点离开意大利的米兰，两点钟到了瑞士的齐亚素，便算进了"世界公园"的境地。由此处起，便全是用着电气的火车（瑞士全国都用电气火车，非常洁净），在火车上遇着的乘客也和在意大利境内所看见的"马虎"的朋友们不同，衣服都特别地整洁，精神也特别地抖擞，就是火车上的售卖员的衣冠态度也和"马虎"派的迥异，这种划若鸿沟的现象，很令冷眼旁观的人感到惊讶。由此乘火车经过阿尔卑斯山（Ajps）下的世界有名的第二山洞（此为火车经过的山洞,工程艰难和山洞之长,列世界第二),气候便好像由燥热的夏季立刻变为阴凉的秋天。在意大利火车中所见的东一块荒地西一块荒地的景况,至此则两旁都密布着修得异常整齐的绿坡,赏心悦目,突入另一种境界了。所经各处,常在海平线三四十尺以上,空气的清新固无足怪,远观积雪绕云的阿尔卑斯山的山峰矗立,俯瞰平滑如镜的湖面映着青翠欲滴的山景,无论何人看了,都要感觉到心醉的。我们到了琉森湖(Lake of Lucerne)的开头处的小埠佛露哀伦(Fluelen),已在下午五点多钟,因打算第二天早晨弃火车而乘该处特备的小轮渡湖(须三小时才渡到琉森城,即该湖的一尽头),所以特在湖滨的一个旅馆里歇息了一夜。这个旅馆开窗见湖面山,设备得雅洁极了,但旅客却寥若晨星,大概也受了世界经济恐慌的波及。

这段路本来可乘火车,但要游湖的,也可以用所买的火车连票,乘船渡湖,不过买火车票时须声明罢了。我们于十八日上午九时左右依计划离佛露哀伦,乘船渡湖。这轮船颇大,是专备湖里用的,设备很整洁,船面上一列一列地排了许多椅子备旅客坐。我们在船上遇着二三十个男女青年,自十二三岁至十七八岁,由一个教师领导,大家背后都背着黄色帆布制的行囊,用皮带缚到胸前,手上都拿着一根手杖,这一班健美快乐的孩子,真令人爱慕不置!他们乘一小段的水路后,便又在一个码头上岸去,大概又去爬山了。最可笑的是那位领导的教员谈话的声音姿态,完全像在课堂上教书的神气,又有些像演说的口气和态度,大概是他在课堂上养成的习惯。在沿途各站(在湖旁岸上沿途设有船站,也可说是码头),设备也很讲究,上船的游客渐多,大都是成双或带有幼年子女而来的。有三个五十来岁发已斑白的老妇人,也结队而来,背上也负着行囊,手上也拿着手杖,有两个眼上架着老花眼镜,有一个还拿着地图口讲指划,兴致不浅。这也可看出西人个人主义的极致,这类老太婆也许有她们的子女,但年纪大了各走各的路,和中国的家族主义迥异,所以老太婆和老太婆便结了伴。这种现象,我后来越看越多了。

船上有一老者又把我们当作日本人,他大概有搜集各种邮票的嗜好,问我们有没有日本的邮票,结果他当然大失所望!

我们当天十二点三刻就乘船到了琉森城,这是瑞士琉森邦(瑞士系联邦制,有二十二邦)的最为游客所常到的一个城市,在以美丽著名的琉森湖的末端。我们上岸略事游览,即于下午四点钟乘火车往瑞士苏黎世邦的最大的一个城市(也名苏黎世,人口二十万余人),一小时左右即到。该城丝的出产仅次于法国的里昂,布匹和机械的生产很盛,是瑞士的主要的经济中心地点,同时也是由法国到东欧及由德国和北欧往意大利的交通要道。该处有苏黎世湖,我们到后仅能于晚间在湖滨略为赏鉴,于第二日早晨,我们这五个人的小小旅行团便分散,除记者外,他们都到德国去。记者便独自一人,于上午十点零四分,提着一个衣箱和一个小皮包,乘火车向瑞士的首都伯尔尼进发,下午一点三十五分才到。在车站时,因向站上职员询问赴伯尔尼的月台(国外车站上的月台颇多,以号码为志),他劝我再等一小时有快车可乘,我正欲在沿途看看村庄情形,故仍乘着慢车走。离了团体,一个人独行之后,前后左右都是黄发碧眼儿了。

团体旅行和个人旅行,各有利弊。其实在欧洲旅行,有关于各国的西文指南可作游历的根据，只需言语可通，经济不发生问题（团体旅行，有许多可省处），个人旅行所得的经验只有比团体旅行来得多。记者此次脱离团体后，即靠着一本英文的《瑞士指南》，并温习了几句问路及临时应付的法语，便独自一人带着《指南》，按着其中的说明和地图，东奔西窜着，倒也未曾做过怎样的"阿木林"。

记者到瑞士的首都伯尔尼后，已在八月十九日的下午，租定了一个旅馆后，决意在离开瑞士之前，要把关于游历意大利所得的印象和感想的通讯写完，免得文债积得太多，但因精神疲顿已极，想略打瞌睡，不料步入猪八戒，一躺下去，竟不自觉地睡去了半天，夜里才用全部时间来写通讯。二十日上午七点钟起身后继续写，才把《表面和里面——罗马和那不勒斯》一文写完付寄。关于瑞士，我已看了好几个地方，很想找一个在当地久居的朋友谈谈，俾得和我所观察的参证参证，于是在九点后姑照所问得的中国公使馆地址，去找找看有什么人可以谈谈，同时看看沿途的胜景。一跑跑了三小时，走了不少的山径，才找到挂着公使馆招牌的屋子，规模很小，尤妙的是公使一人之外，就只有秘书一人，阍人是他，书记是他，打字员也是他，号称一个公使馆，就只有这无独有偶的两个人！（不过还有一个老妈子烧饭。）问原因说是经费窘迫。（日本驻瑞的公使馆，除公使外，有秘书及随员三人、打字员两人、顾问〔瑞士人〕一人及仆役等。）记者揿电铃后，出来开门的当然就是这位兼任阍人等等的秘书先生，他是一位在瑞士已有十三四年的苏州人，满口苏白，叫苦连天。我们一谈却谈了两小时之久，所得材料颇足供参考，当采入下篇通讯里。可是我却因此饿了一顿中餐。

八月二十一日下午乘两点二十分火车赴日内瓦,四点五十分到。在该处除又写了《离意大利后的杂感》一文外,所游的胜景以日内瓦湖为最美。但是这样美的瑞士,却也受到世界经济恐慌的影响。其详当于下篇里再谈。

# 春游颐和园

◎沈从文

北京建都有了八百年历史。劳动人民用他们的勤劳和智慧,在北京城郊建造了许多规模宏大建筑美丽的宫殿、庙宇和花园,留给我们后一代。花园建筑规模大,花木池塘富于艺术巧思,设备精美在世界上也特别著名的,是二百多年前乾隆时在西郊建筑的"圆明园"。这个著名花园,是在九十多年前就被帝国主义者野蛮军队把园里面上千栋房子中各种重要珍贵文物及一切陈设大肆抢劫后,有意放一把火烧掉了的。花园建筑时间比较晚的,是西郊的颐和园。部分建筑乾隆时虽然已具规模,主要建筑群却在一百年前才完成。修建这座大园子的经济来源,是借口恢复国防海军从人民刮来的几千万两银子,花园作成后,却只算是帝王一家人私有。

直到北京解放,这座大花园才成为人民的公共财产。颐和园的游人数字是个证明:一九四九年全年游人二十六万六千八百多人,一九五五年达到一百七十八万七千多人。二十年前游颐和园的人,常常觉得园里太大太空阔。其实只是能够玩的人太少,所以到处总是显得空空的。许多地方长满了荒草,许多建筑也摇摇欲坠,游人不敢走去。现在一般印象总觉得园子不太大。颐和园那条长廊,虽然已经长约三里路,现在每逢星期天游人就挤得满满的,即再加宽加长一两倍,也还是不够用。

　　春天来，颐和园花木都逐渐开放了，每天除了成千上万来看花的游人，还有许多自城郊学校来的少先队员，到园中过队日郊游，进行各种有益身心的活动。满园子里各处都可见到红领巾，各处都可听到建设祖国接班人的健康快乐的笑语和歌声。配合充满生机一片新绿丛中的鸟语花香。颐和园本身，因此也显得更加美丽和年青！

　　凡是游颐和园的人，在售票处购买一册介绍园中景物的说明书，可得到极多帮助。只是如何就可用比较经济的时间，把颐和园重要地方都逛到呢？我想就我个人过去几年在这个大园子里转来转去的经验，和园子里建筑花木在春秋佳日给我的印象，概括地说说，作为游园的参考。

　　我们似可把颐和园分成五个大单位去游览。

　　第一是进门以后的建筑群，这个建筑群除中部大殿外，计包括东边的大戏楼和西边的乐寿堂，以及西边前面一点的玉澜堂。玉澜堂相传是光绪被慈禧太后囚禁的地方，院子和其他建筑隔绝自成一个小单位。到这里来的人，还可从门口的说明牌子，体会到近六十年历史一鳞一爪。参观大戏台，得往回路向东走。这个戏台和中国近代歌剧发展史有些联系，六十年以前，中国京戏最出色的演员谭鑫培、杨小楼，都到这台上演过戏。戏台上下分三层，还有个宽阔整洁的后台和地下室，准备了各种机关布景。例如表演孙悟空大闹天宫或白蛇传水漫金山寺节目时，台上下到必要时还会喷水冒烟。演员也可以借助于技术设备，一齐腾空上升，或潜入地下，隐现不易捉摸。戏台面积比看戏的殿堂大许多，原因是这些戏主要是演给专制帝王和少数贵族官僚看的。演员百余人在台上活动,看戏的可能只三五十人。社会在发展中,六十年过去了,帝王独夫和这些名艺人十之八九都已死去。为人民爱好的艺术家的绝艺,却继续活在人们记忆中,由于后辈的学习和发展,日益光辉而充实以新的生命。由大戏楼向西可到乐寿堂。这是六十年前慈禧做生日大排寿筵的地方。颐和园陈设中,有许多十九世纪显然见出半殖民地化的开始的恶俗趣味处,就多是当时在广东上海等通商口岸办洋务的奴才,为贡谀祝寿而作来的。也有些是帝国主义者为侵略中国的敲门砖。中国瓷器中有一种黄绿釉绘墨彩花鸟,多用紫藤和秋葵作主题,横写"天地一家春"的款识的,也是这个时期的生产。乐寿堂庭院宽敞,建筑虽不特别高大,却显得气魄大方,本院和西边一小院,春天时玉兰和海棠都开得格外茂盛。

　　第二部分是长廊全部和以排云殿、佛香阁为主体、围绕左右的建筑群。这是目下全个园子建筑最引人注意部分,也是全园的精华。有很多建筑小单位,或是一个四合院,或是一组列房子,内部布置得都十分讲究。花木围廊,各具巧思。但是从整体或部分说来,这个建筑群有些只是为配风景而作的,有些宜近看,有些只合远观。想总括全部得到一个整体印象,得租一只小游船,把船直向湖中心划去,再回过头来,看看这个建筑群,才会明白全部设计的用心处。因为排云殿后面隙地不多,山势太陡,许多建筑不免挤得紧一点。如东边的转轮藏,西边的另一个小建筑群,都有点展布不开。正背后的佛香阁,地势更加迫促,虽亏得聪明的建筑工人,出主意把上佛香阁的路分作两边,作之字形盘旋而上,地势还是过于迫促。更向西一点的"画中游"部分建筑,也由于地面窄狭,作得格外玲珑小巧。必须到湖中看看,才明白建筑工人的用意,当时这部

园

分建筑,原来就是为配合全山风景作成的。船到湖中心时向南望,在一平如镜碧波中的龙王庙和十七孔虹桥,都若十分亲切地向游人招手:"来,来,来,这里也很有意思。"从这里望万寿山,距离虽远了点,可是把那些建筑不合理的印象也忽略了。

第三部分就是湖中心那个孤岛上的建筑群,龙王庙是主体。连接龙王庙和东墙柳荫路全靠那条十七孔白石虹桥,长年卧在万顷碧波中,背景是一片北京特有的蓝得透亮的天空,真不愧叫作人造的虹。这条白石桥无论是远看,近看,或把船摇到下边仰起头来看,或站在桥上向左右四方看,都令人觉得满意。桥东有个大亭子,未油漆前可看出木材特别讲究,可能还是两百年前从南海运来的。岸边有一只铜牛,卧在一个白石座上,从从容容望着湖景,望着远处西山,是两百年前铸铜工人的创作。

第四部分是后山一带,建筑废址并不少,保存完整的房子却不多。很明显是经过历史事变的痕迹没有修复过来。由后湖桥边的苏州街遗址,到上山的一系列殿基,直到半山上的两座残塔,这部分建筑也是在圆明园被焚的同时焚毁的。目下重要的是有好几条曲折小山路,清静幽僻,最宜散步。还有好几条形式不同的白石桥和新近修理的赤栏木板桥,湖水曲折地从桥下通过,划船时极有意思。

第五部分是东路以谐趣园做中心的建筑群,靠西上山有景福阁,靠北紧邻是霁清轩。这一组建筑群和前山大不相同,特征是树木比较多,地方比较僻静。建筑群包括有北方的明敞(如景福阁)和南方的幽趣(如霁清轩)两种长处。谐趣园主要部分是一个荷花池子,绕着池子有一组长廊和建筑。谐趣园占地面积不大,房子也因此稍嫌拥挤,但是那个荷花池子,夏天荷花盛开时,真是又香又好看。欢喜雀鸟的,这里四围树林子里经常有极好听的黄鸟歌声。啄木鸟声音也数这个地区最多。夏六月天雨后放晴时,树林间的鸟雀欢呼飞鸣,更是一种活泼生机。地方背风向阳处,长年有竹子生长。由后湖引来的一股活水,到此下坠五公尺,因此作成小小瀑布,夏天水发时,水声哗哗,对于久住北方平地的人,看到这些事物引起的情感,很显然都是新的。霁清轩地位已接近园中后围墙,建筑构造极其别致,小院落主要部分是一座四面明窗当风的轩,一株盘旋而上的老松树,一个孤立的亭子,以及横贯院中的一道小小溪流。读过《红楼梦》的人,如偶然到了这个地方,会联想起当年书中那个女尼妙玉的住处。还有史湘云醉眠芍药茵的故事,也可能会在霁清轩大门前边一点发生。这个建筑照全部结构说来,是比《红楼梦》创作时代略早一点。有人到过谐趣园许多次,还不知道面前霁清轩的位置,可知这个建筑的布置成功处。由谐趣园宫门直向上山路走,不多远还有个乐农轩,虽只是平房一列,房子前花木却长得极好。杏花以外丁香、梨花都很好。景福阁位置在半山上,这座重屋曲折"亞"字形的大建筑,四面窗子透亮,绕屋平台廊子都极朗敞。遇着好机会我们可能会在这里看到一些面孔熟习的著名文艺工作者,电影、歌剧、话剧名演员……他们也许正在这里和国际友人举行游园联欢会,在那里唱歌跳舞。

　　颐和园最高处建筑物,是山顶上那座全部用彩琉璃砖瓦拼凑作成的无梁殿。这个建筑无论从工程上和装饰美术上说来,都是一个伟大的创作。是近二百年的建筑工人和烧琉璃窑工人共同努力为我们留下的一份宝贵遗产。在建筑规模上,它并不比北海那一座琉璃殿壮丽,但从建筑兼雕塑整体性的成就说来,无疑和北京其他同类创作,如北海及故宫九龙壁、香山琉璃塔等等,都值得格外重视。上山的道路很多:欢喜热闹不怕累,可从排云殿后抱月廊上去,再从那几百磴"之"字形石台阶爬到佛香阁,歇歇气,欣赏一下昆明湖远近全景,再从后翻上那个众香界琉璃牌楼,就到达了。欢喜冒险好奇的,又不妨从后山上去。这一路得经过几层废殿基,再钻几个小山洞。行动过于活泼的游客,上到山洞边时,头上脚下都得当心一些,免得偶然摔倒。另外东西两侧还有两条比较平缓的山路可走,上了点年纪的人不妨从东路上去。就是从景福阁向上走去。半道山脊两旁多空旷,特别适宜于远眺,南边是湖上景致,北边园外却是村落自然景色,很动人。夏六月还是一片绿油油的庄稼直延长到西山尽头,到秋八月后,就只见无数大牛车满满装载黄澄澄的粮食向合作社转运。村庄前后也到处是粮食堆垛。

从北边走可先逛长廊,到长廊尽头,转个弯,就到大石舫边了。大石舫也是乾隆时作的,六十年前才在上面加个楼房,五色玻璃在当时是时髦物品。除大石舫外,这里经常还停泊有百多只油漆鲜明的小游艇出租。欢喜划船的游人,手劲大可租船向前湖划去,一直过西峰腰桥再向南,再划回来。那个桥值得一看。比较合适的是绕湖心龙王庙,就穿十七孔桥回来。那座桥远看只觉得美丽,近看才会明白结构壮丽,工程扎实,让我们加深一层认识了古代造桥工人的聪明和伟大。船向回划可饱看颐和园万寿山正面全部风景,从各个不同角度看去,才会发现绕前山那道长廊,和长廊外临水那道白石栏杆,不仅发生单纯装饰效果,且像腰带一样把前山建筑群总在一起，从水上托出，设计实在够聪明巧妙。欢喜从空旷湖面转入幽静环境的游人，不妨把船向后湖划去。后湖水面窄而曲折、林木幽深，水中大鱼百十成群，对小船来去既成习惯，因此也不大存戒心。后湖在秋天里在一个极短时期中，水面常常忽然冒出一种颜色金黄的小莲花，一朵朵从水面探头出来约两寸来高，花头不过一寸大小，可是远远地就可让我们发现。至近身时我们才会发现花朵上还常常歇有一种细腰窄翅黑蜻蜓，飞飞又停停。彼此之间似相识又似陌生。又像是新认识的好朋友，默默地又亲切地贴近时，还像有些腼腆害羞，一切情形和安徒生童话中的描写差不多，可是还要美丽一些，一时还没有人写出。这些小小金丝莲，一年只开花三四天，小蜻蜓从湖旁丛草间孵化，生命也极短暂。我们缺少安徒生的诗的童心，因此也难更深一层去想象体会它们生命中的悦乐处。见到这种花朵时，最好莫惊动采折，让大家看看。由石舫上山路，可经过画中游，这部分房子是有意仿造南方小楼房式做成，十分玲珑精致，大热天住下来不会太舒服，可是在湖中却特别好看，走到画中游才会明白取名的用意。若在春天四月里，园中好花次第开放，一切松柏杂树新叶也放出清香，这些新经修理装饰得崭新的建筑物，完全包裹在花树中，使得我们不能不对于创造它和新近修理它的木工、瓦工、彩画油漆工，以及那些长年在园子里栽花种树的工人，表示敬意和感谢。

颐和园还有一个地区，也可以作为一个游览单位计算，就是后山沿围墙那条土埂子。这地方虽近在游人眼前，可是最容易忽略过去。这条路是从谐趣园再向北走，到后湖尽头几株大白杨树面前时，不回头，不转弯，再向西一直从一条小土路走上小土山。那是一条能够满足游人好奇心的小路，一路走去可从荆槐杂树林子枝叶罅隙间清清楚楚看到后山后湖全景。小土坡上还种得好些有了相当年月的马尾松,松根凸起处,间或会有一两个年青艺术家在那里作画。地方特别清静,不会有人来搅扰他的工作。更重要还是从这里望出去,景物凑紧集中,如同一个一个镜框样子。若是一个有才能的年青画家,他不仅会把树石间色彩鲜明的红领巾,同水上游人种种活动,收入画稿,同时还能够把他们表示新生生命的笑语和歌声同样写入画中。其实这些画家在那里本身也像一幅画,可惜再找不出画他的人。

# 爱俪园的噩梦

## ——李恩绩和《爱俪园梦影录》

◎柯灵

　　《爱俪园梦影录》这部稿子,在我手头保存了三十年。时代的动荡和个人命运的颠簸,居然没有累它在尘世湮没,真可以算得是一个奇迹。现在它终于和世人相见了,我为此感到高兴;但作者已成古人,这部手稿可能是他唯一的遗泽,又使我感到惆怅。

　　作者李恩绩,我和他在素不相识中发生瓜葛,是在1934年夏,我接编《万象》杂志的时候。那是在抗日战争后期,上海沦陷期间。我从1930年尝试编辑工作,相继十余年,煮字烹文,几乎没有中断,但在敌人屠刀下玩这样险峻峻的走钢丝游戏,却是第一次,单是组稿,就成为一项复杂的策略性问题。清理旧稿时,在堆积如山的读者来稿中,我发现了署名"李恩绩"的文章,毛笔楷书,用的是绿线直格的毛边纸稿笺,字迹娟秀,行文熟练,从文字上看得出作者腹笔的宽广,内容是阐述殷墟文字的,一篇学术论文。在《万象》前任主编手里,它显然已与字纸篓为邻了。《万象》原来是通俗读物,娱乐性很强,向《万象》投寄这类"白雪阳春"的作品,我猜想作者的性格大概有点迂阔;名字生疏,不像什么名流,也从不在不干不净的报刊上抛头露面,正是一个很好的组稿对象。一看稿末的通讯处,是"静安寺路爱俪园"。我不觉怦然心动:如果他熟悉爱俪园,为什么不建议他就地取材,写些有关的文章呢?于是我恳切地给他写信,把稿退还给他,说明情况,请他谅解,同时提出了我的请求。

他同意了,那结果就是后来在《万象》上刊出的长篇掌故《爱俪园——海上的迷宫》。笔名"凡鸟",大概是他写这篇连载时才用的。

爱俪园,即哈同花园,年轻人知道的大概不多了。花园也早已消失,沧海桑田,变成如今的上海工业展览馆。但只要稍稍留心鸦片战争后上海百年来变迁的人,就不会不知道英国籍犹太富翁哈同(Silas Auron Hardoon, 1847—1931),和他那宏伟神秘的私人花园。因为哈同是一位典型的"冒险家",而爱俪园则可以说是中国近代史上的"大观园",殖民主义和封建主义的混血儿,要了解帝国主义在上海开辟和经营租界的史实,其人其事,都是重要的材料。

爱俪园种种扑朔迷离的传说,在旧上海长期流传,成为小市民茶余酒后的谈资;为了餍足猎奇心理,道听途说,摭拾猥闻,铺张扬厉的笔墨也就绵延不绝。其中偶有熟悉内情的作者,衍成说部,则又意在影射,沦于黑幕小说的末流。李恩绩的作品却与众不同,不但因为作者长期生活在爱俪园,所见所闻,所述所感,都出于第一手材料;尤在于作者的态度和识见:有实事求是之心,无哗众取宠之意,这就保证了春秋史笔所必需而又难能可贵的真实性。而且文字朴茂,描叙从容,迄今为止,就我个人所见,李恩绩为爱俪园所作的素描,还是第一种可靠的信史。

但《爱俪园——海上的迷宫》连载不到一年,就戛然而止,不知为什么,李恩绩不愿意写下去了。我登门拜访,希望他不要辍笔——我观光爱俪园,和李恩绩见面,这是生平难得的一次。那时哈同下世已越十年,他的遗孀罗迦陵也已在珍珠港事变前夕死去,爱俪园冷落荒凉,已不是当年的繁华景象。什么"巢云"、"听涛"、"一带春"、"梦夏湖"一类风雅的名胜,都成陈迹;题为"天演界"、"欧风东渐"、"大好河山"这样反映清末时尚的景物,也已渺不可寻。我循着一湾流水,走过小桥,在一所古旧的小轩中找到了李恩绩。那时他正当壮年,却已显得有些苍老,穿一领蓝布长衫,一口的绍兴乡谈。谈不移时,我已隐约感到他那种绍兴人常有的戆脾气。他要害性的一句话,是"写稿子赚勿落格啦",加以文字化,也就是"文章不值钱"。在他的案头,画具纵横,摊了琳琅满目的折扇面,这时我才知道他还擅长绘事,其时令正当春末,他大概忙于应付笺扇庄的画件,用以疗饥;而画扇面的润笔,可能比稿费差胜一筹。我至今不知道这种推想是否合乎实际,当时我感到无法勉强,只好废然而返。

大约事隔六七年之后,我却忽然接到了李恩绩从绍兴安昌镇寄来的一卷手稿,依然是毛笔楷书,分订两册,题为《爱俪园梦影录》。原来这是《爱俪园——海上的迷宫》的姐妹篇,略有不同的是,后者是客观的叙述,而前者却是透过作者个人的角度,用回忆录的形式来写的。挑灯夜读,爱俪园的前尘影事,历历如绘,而荫在背景中的时代氛围、社会风貌、人情世态,灼然可见,其中还有不少关于学术界、美术界的逸闻轶事——例如关于王国维在爱俪园的事迹,就是未经人道的。这无疑是一部值得珍视的作品,但时移势易,"白头宫女在,闲坐说玄宗",已显得不合时宜。它只好像误过青春的老小姐,落入了长期待字闺中的命运。

"四人帮"覆亡,拨乱反正,言路日广,而岁月蹉跎,我个人不觉老境渐深。为免使《爱俪园梦影录》因我而误了终身,我一面为它谋求出路,一面打听李恩绩的下落,以便征求他本人的意见,因为我和他本无什么深交,彼此也久已失去联系。感谢香港《文汇报》金尧如、曾敏之、吴羊璧先生的赏识,文章决定在《百花》周刊连载;而李恩绩的消息,经过年余的辗转请托,才由绍兴市文化局协助,得到端倪:李恩绩已不幸在"文化大革命"中谢世,家属还住在上海。我这才按址找到了已逝者的未亡人吴式坤,说明原委,取得同意,并由此约略知道了李恩绩的生平。

在《梦影录》里,也可以看出李恩绩坎坷的前半生。他父亲是爱俪园的一位画师。他十四岁时(1921年)进园,从父学画就读。因为谋生乏术,被送到常熟一家典当里做小郎,学朝奉。后来典当倒闭,他失了业,重回爱俪园,找到一枝之栖,其职务是在文海阁编藏书目录,这就给了他摩挲古籍、潜心研读的机会。他擅长书画,懂得辞章和文字学,还通甲骨文,但多才多艺无补于他的潦倒。他后期在爱俪园的主要工作是写字和作画,但他的作品虽在社会流传,姓氏却从不露面,因为他只是爱俪园总管姬觉弥的一名幕后捉刀人。姬觉弥权倾一时,名满上海,还以书画家的身份附庸风雅,厕身艺坛,而世人只知有姬觉弥,不知有李恩绩。

抗战胜利以后,李恩绩回到故乡绍兴安昌,偃蹇困居,将近十年。全国欢庆解放的年月,却正是他个人的"饥饿时代",有时一天只吃两顿粥。他好整以暇,把历年积存的甲骨文拓本和摹本整理校勘了四百余张,用粥液代替浆糊,依次粘贴,装订成册,寄给了郭沫若。他写《爱俪园梦影录》,大概也就在这个时期。

1955年,他重来上海,寓居南市贫民区,和几个无名画家组织了书画合作社,在贫病交迫中卖画糊口,并由他的老伴吴式坤在弄口摆香烟摊补助生计,直至"文化大革命"中被抄家揪斗,默默地死去——真是奇怪,平时好像世上没有这个人,"文化大革命"一来,却想起了这个小人物。他没有儿女,吴式坤是个半文盲,现在已失去劳动力,依靠公家和里弄组织的救济,打发残年。他仅有的一些书画古董,以及有关甲骨文的原件、拓本、著作,都落到了"造反派"手里,至今没有下落。

《梦影录》所表现的才华学养,是无可怀疑的,而看来这已经是李恩绩唯一幸存的精神遗产了——我没有欣赏过他的书画,对此不能赞一词,但纵有杰作,由于作者的默默无闻,也该流落人间,不知所终了吧。盛名之下,其实不副;而有真才实学的却没世而名不彰,这真是艺术世界的一大悲剧!

在此以前,我一直以为李恩绩滞留绍兴,而不知道他和我生活在同一城市。李恩绩把《梦影录》寄给我以后,也从此不闻不问。从个人的际遇来看,除了"文革"期间,我比李恩绩幸运得多,如果他要找我,是不会遇到什么困难的,但他始终没有和我通音问。即此一端,也可以看出李恩绩为人的落落。他给我长期托管手稿的信赖,我现在除了感激,更没有什么事可做了。

爱俪园是帝国主义强加给中国的一场噩梦,现在永远过去了。李恩绩的遭遇是旧社会加给知识分子的一场噩梦,解放后理应梦觉而继续梦魇,这是不能不使人深感遗憾的。只要草芥人才,特别是暴殄天才的现象继续存在,就证明我们的社会离健全与完美还相当遥远,有心人应该对此付与充分的关切!

1982 年 7 月 5 日

# 观莲拙政园

◎周瘦鹃

也许是因为我家祖祖辈辈传下来的堂名是爱莲堂的原故,因此对于我家老祖宗《爱莲说》作者周濂溪先生所歌颂的莲花,自有一种特殊的好感。倒并不是为它出淤泥而不染,是花中君子,实在是爱它的高花大叶,香远益清,在众香国里,真可说是独有千古的。年年农历六月二十四日,旧时相传为莲花生日,又称观莲节,我那小园子里的池莲缸莲都开好了,可我看了还觉得不过瘾,总要赶到拙政园去观赏莲花,也算是欢度观莲节哩。

可不是吗? 拙政园的水面,占全园面积的五分之三,池水沦涟,正可作为莲花之家,何况中部的堂啊,亭啊,轩啊,都是配合着莲花而命名的,因此拙政园实在是一个观莲的好去处。例如远香堂、荷风四面亭、倚玉轩,还有那船舫形的小轩"香洲",以至西部的留听阁,都是与莲花有连带关系,而可以给你坐在那里观赏的。

我们虽为观莲而来,但是好景当前,不会熟视无睹,也总要欣赏一下;况且这个园子已被列为第一批全国重点文物保护单位之一,真该刮目相看。怎么叫作"拙政"呢? 原来明代嘉靖年间(公元 1522—1566 年),御史王献臣因不满于权贵弄权,弃官归隐,把这里大宏寺的一部分基地造了一个别墅,取晋代名流潘岳"此拙者之为政也"一句话,取名拙政园,含有发牢骚的意思。王死后,他的儿子爱好赌博,就在一夜之间把这园子输掉了。到了公元1860年,太平天国忠王李秀成攻下苏州时,就园子的一部分建立忠王府,作为发号施令的所在,这是值得大书特书的。

从东部新辟的大门进去,迎面就看到新叠的湖石,分列三面,傍石植树,点缀得楚楚可观,略有倪云林画意。进园又见奇峰几座,好像是案头大石供,这里原是明代侍郎王心一归田园遗址,有些峰石还是当年遗物。这东部是近年来所布置的,有土山密植苍松,浓翠欲滴;此外有亭有榭,有溪有桥,有广厅作品茗就餐之所。从曲径通到曲廊,在拱桥附近的水面上,先就望见一小片莲叶莲花,给我们尝鼎一脔;这是今春新种的,料知一两年后,就可蔓延开去了。从曲廊向西行进,就是中部的起点,这一带有海棠春坞、玲珑馆、枇杷园诸胜,仲春有海棠可看,初夏有枇杷可赏,一步步渐入佳境。走过了那盖着绣绮亭的小丘,就到达远香堂,顾名思义,不由得想起那《爱莲说》中的名句"香远益清,亭亭净植"八个字来,知道堂名就由此而得,而也就是给我们观莲的好地方了。

远香堂面对着一座挺大的黄石假山,山下一泓池水,有锦鳞往来游泳,堂外三面通廊,堂后有宽广的平台,台下就是一大片莲塘,种着天竺种千叶莲花,这是两年以前好容易从昆山正仪镇引种过来的。原来正仪镇上有个顾园,是元代名士顾阿瑛"玉山佳处"的遗址,在东亭子旁,有一个莲池,池中全是千叶莲花,据说还是顾阿瑛手植的,到现在已有六百多年,珍种犹存,年年开花不绝。拙政园莲塘中自从把原种藕秧种下以后,当年就开了花,真是色香双艳,不同凡卉;

第二年花花叶叶，更为繁盛，翠盖红裳，几乎把整个莲塘都遮满了。并蒂莲到处都是，并且一花中有四五芯，七八芯，以至十三个芯的，花瓣多至一千四百余瓣。只为负担太重了，花头往往低垂着，使人不易窥见花芯，因此苏州培养碗莲的专家卢彬士老先生所作长歌中，曾有"看花不易窥全面，三千莲媛总低头"之句，表示遗憾，其实我们只要走到水边，凑近去细看时，还是可以看到那捧心西子态的。今夏花和叶虽觉少了一些，而水面却暴露了出来，让我们欣赏那水中花影，仿佛姹娅欲笑哩。

远香堂西邻的倚玉轩，与船舫形的香洲遥遥相对，而北面的斜坡上有一个荷风四面亭，三者位在三个角度上，恰恰形成鼎足之势，而三处都可观莲，因为都是面临莲塘的。香洲贴近水边，可以近观，倚玉轩隔一条花街，可以远观；而荷风四面亭翼然高处，可以俯观，好在莲花解意，婉变可人，不论你走到哪一面，都可以让你尽情观赏的。穿过了曲桥，从假山上拾级而登，就见一座楼，叫作见山楼，凭北窗可以看山，凭南窗可以观莲，并且也可以远观远香堂后的千叶莲花了。

走进别有洞天，就到了园的西部，沿着起伏的曲廊向西行进，就看到一座美轮美奂的花厅，分作两半，一半是十八曼陀罗花馆，庭中旧时种有山茶十八株，而曼陀罗就是山茶的别号，因以为名。另一半是三十六鸳鸯馆，前临池沼，养着文羽鲜艳的鸳鸯，成双作对地在那里戏水，悠然自得。池中种着白莲，让鸳鸯拍浮其间，构成了一个美妙的画面；正如宋代欧阳修咏莲词所谓"叶有清风花有露，叶笼花罩鸳鸯侣"，真是相得益彰，而大可供人观赏，供人吟味的。

向西出了三十六鸳鸯馆，向北走过一条小桥，就到了留听阁,窗户挂落,都是精雕细刻,剔透玲珑。我们细细体味阁名,原来是从那句"留得残荷听雨声"的古诗句上得来的。这个阁坐落在西部尽头处,去莲塘不远,到了秋雨秋风的时节,坐在这里小憩一会,自可听到残荷上渐渐沥沥的雨声的。

# 公园

◎萧红


树叶摇摇曳曳地挂满了池边。一个半胖的人走在桥上，他是一个报社的编辑。

"你们来多久啦?"他一看到我们两个在长石凳上就说。"多幸福,像你们多幸福,两个人逛逛公园……"

"坐在这里吧。"郎华招呼他。

我很快地让一个位置。但他没有坐,他的鞋底无意地踢撞着石子,身边的树叶让他扯掉两片。他更烦恼了,比前些日子看见他更有点两样。

"你忙吗? 稿子多不多?"

"忙什么! 一天到晚就是那一点事,发下稿去就完,连大样子也不看。忙什么,忙着幻想!"

"幻想什么? ……这几天有信吗?"郎华问他。

"什么信! 那……一点意思也没有,恋爱对于胆小的人是一种刑罚。"

让他坐下,他故意不坐下;没有人让他,他自己会坐下。于是他又用手拔着脚下的短草。他满脸似乎蒙着灰色。

"要恋爱,那就大大方方地恋爱,何必受罪?"郎华摇一下头。

一个小信封,小得有些神秘意味的,从他的口袋里拔出来,拔着蝴蝶或是什么会飞的虫儿一样,他要把那信给郎华看,结果只是他自己把头歪了歪,那信又放进了衣袋。

"爱情是苦的呢,是甜的?我还没有爱她,对不对?家里来信说我母亲死了那天,我失眠了一夜,可是第二天就恢复了。为什么她……她使我不安会整天,整夜?才通信两个礼拜,我觉得我的头发也脱落了不少,嘴上的小胡也增多了。"

当我们站起要离开公园时,又来一个熟人:"我烦忧啊!我烦忧啊!"像唱着一般说。

我和郎华踏上木桥了,回头望时,那小树丛中的人影也像对那个新来的人说:

"我烦忧啊!我烦忧啊!"

我每天早晨看报,先看文艺栏。这一天,有编者的说话:

> 摩登女子的口红,我看正相同于"血"。资产阶级的小姐们怎样活着的?不是吃血活着吗?不能否认,那是个鲜明的标记。人涂着人的"血"在嘴上,那是污浊的嘴,嘴上带着血腥和血色,那是污浊的标记。

我心中很佩服他,因为他来得很干脆。我一面读报,一面走到院子里去,晒一晒清晨的太阳。汪林也在读报。

"汪林,起得很早!"

"你看,这一段,什么小姐不小姐,血不血的!这骂人的是谁?"

那天郎华把他做编辑的朋友领到家里来,是带着酒和菜回来的。郎华说他朋友的女友到别处去进大学了。于是喝酒,我是帮闲喝,郎华是劝朋友。至于被劝的那个朋友呢?他嘴里哼着京调,哼得很难听。

和我们的窗子相对的是汪林的窗子。里面胡琴响了。那是汪林拉的胡琴。

　　天气开始热了，趁着太阳还没走到正空，汪林在窗下长凳上洗衣服。

　　编辑朋友来了，郎华不在家，他就在院心里来回走转，可是郎华还没有回来。

　　"自己洗衣服，很热吧！"

　　"自己洗得干净。"汪林手里拿着肥皂答他。

　　郎华还不回来，他走了。

# 中国园林建筑之美

◎宗白华

## 飞动之美

《考工记》中已经讲到古代工匠喜欢把生气勃勃的动物形象用到艺术上去。这比起希腊来,就很不同。希腊建筑上的雕刻,多半用植物叶子构成花纹图案。中国古代雕刻却用龙、虎、鸟、蛇这一类生动的动物形象,至于植物花纹,要到唐代以后才逐渐兴盛起来。

在汉代,不但舞蹈、杂技等艺术十分发达,就是绘画、雕刻,也无一不呈现一种飞舞的状态。图案画常常用云彩、雷纹和翻腾的龙构成,雕刻也常常是雄壮的动物,还要加上两个能飞的翅膀。充分反映了汉民族在当时的前进的活力。

这种飞动之美,也成为中国古代建筑艺术的一个重要特点。

《文选》中有一些描写当时建筑的文章,描写当时城市宫殿建筑的华丽,看来似乎只是夸张,只是幻想。其实不然。我们现在从地下坟墓中发掘出来实物材料,那些颜色华美的古代建筑的点缀品,说明《文选》中的那些描写,是有现实根据的,离开现实并不是那么远的。

现在我们看《文选》中一篇王文考作的《鲁灵光殿赋》。这篇赋告诉我们，这座宫殿内部的装饰，不但有碧绿的莲蓬和水草等装饰，尤其有许多飞动的动物形象：有飞腾的龙，有愤怒的奔兽，有红颜色的鸟雀，有张着翅膀的凤凰，有转来转去的蛇，有伸着颈子的白鹿，有伏在那里的小兔子，有抓着橡在互相追逐的猿猴，还有一个黑颜色的熊，背着一个东西，蹭在那里，吐着舌头。不但有动物，还有人：一群胡人，带着愁苦的样子，眼神憔悴，面对面跪在屋架的某一个危险的地方。上面则有神仙、玉女，"忽缥缈以响像，若鬼神之仿佛。"在作了这样的描写之后，作者总结道："图画天地，品类群生，杂物奇怪，山神海灵，写载其状，托之丹青，千变万化，事各缪形，随色象类，曲得其情。"这简直可以说是谢赫六法的先声了。

不但建筑内部的装饰，就是整个建筑形象，也着重表现一种动态。中国建筑特有的"飞檐"，就是起这种作用。根据《诗经》的记载，周宣王的建筑已经像一只野鸡伸翅在飞(《斯干》)，可见中国的建筑很早就趋向于飞动之美了。

## 空间的美感之一

建筑和园林的艺术处理，是处理空间的艺术。老子就曾说："凿户牖以为室，当其无，有室之用。"室之用是由于室中之空间。而"无"在老子又即是"道"，即是生命的节奏。

中国的园林是很发达的。北京故宫三大殿的旁边，就有三海，郊外还有圆明园、颐和园等等。这是皇帝的园林。民间的老式房子，也总有天井、院子，这也可以算作一种小小的园林。

这里表现着美感的民族特点。古希腊人对于庙宇四围的自然风景似乎还没有发现。他们多半把建筑本身孤立起来欣赏。古代中国人就不同。他们总要通过建筑物,通过门窗,接触外面的大自然界(我们讲《离卦》的美学时曾经谈到这一点)。"窗含西岭千秋雪,门泊东吴万里船"(杜甫)。诗人从一个小房间通到千秋之雪、万里之船,也就是从一门一窗体会到无限的空间、时间。这样的诗句多得很。像"凿翠开户牖"(杜甫),"山川俯绣户,日月近雕梁"(杜甫),"檐飞宛溪水,窗落敬亭云"(李白),"山翠万重当槛出,水光千里抱城来"(许浑),都是小中见大,从小空间进到大空间,丰富了美的感受。外国的教堂无论多么雄伟,也总是有局限的。但我们看天坛的那个祭天的台,这个台面对着的不是屋顶,而是一片虚空的天穹,也就是以整个宇宙作为自己的庙宇。这是和西方很不相同的。

## 空间的美感之二

为了丰富对于空间的美感,在园林建筑中就要采用种种手法来布置空间,组织空间,创造空间,例如借景、分景、隔景等等。其中,借景又有远借,邻借,仰借,俯借,镜借等。总之,为了丰富对景。

玉泉山的塔,好像是颐和园的一部分,这是"借景"。苏州留园的冠云楼可以远借虎丘山景,拙政园在靠墙处堆一假山,上建"两宜亭",把隔墙的景色尽收眼底,突破围墙的局限,这也是"借景"。颐和园的长廊,把一片风景隔成两个,一边是近于自然的广大湖山,一边是近于人工的楼台亭阁,游人可以两边眺望,丰富了美的印象,这是"分景"。《红楼梦》小说里大观园运用园门、假山、墙垣等等,造成园中的曲折多变,境界层层深入,像音乐中不同的音符一样,使游人产生不同的情调,这也是"分景"。颐和园中的谐趣园,自成院落,另辟一个空间,另是一种趣味。这种大园林中的小园林,叫做"隔景"。对着窗子挂一面大镜,把窗外大空间的景致照入镜中,成为一幅发光的"油画"。"隔窗云雾生衣上,卷幔山泉入镜中。"(王维诗句)"帆影都从窗隙过,溪光合向镜中看。"(叶令仪诗句)这就是所谓"镜借"了。"镜借"是凭镜借景,使景映镜中,化实为虚(苏州怡园的面壁亭处境逼仄,乃悬一大镜,把对面假山和螺髻亭收入镜内,扩大了境界)。园中凿池映景,亦此意。

　　无论是借景、对景,还是隔景、分景,都是通过布置空间、组织空间、创造空间、扩大空间的种种手法,丰富美的感受,创造了艺术意境。中国园林艺术在这方面有特殊的表现,它是理解中国民族的美感特点的一个重要的领域。概括说来,当如沈复所说的:"大中见小,小中见大,虚中有实,实中有虚,或藏或露,或浅或深,不仅在周回曲折四字也。"(《浮生六记》)这也是中国一般艺术的特征。

# 花园底一角

◎许钦文

荷花池和草地之间有着一株水杨,这树并不很高,也不很大,可是很清秀,一条条的枝叶,有的仰向天空,随风摆宕,笑嘻嘻的似乎很是喜欢阳光底照临;有的俯向水面,随风飘拂,和蔼可亲的似乎时刻想和池水亲吻;横在空中的也很温柔可爱,顺着风势摇动,好像是在招呼人去鉴赏,也像是在招呼一切可爱的生物。

在同一池沿,距离这水杨两步多远的地方,有着一株夹竹桃;这灌木比那水杨要矮,也要小,轮生着的箭镞形的叶子,虽然没有像那水杨底的清秀,可是很厚实,举动虽也没有像那水杨底的活泼,可是庄严而不呆板。

比较起来,自然,可以说水杨是富于柔美的,夹竹桃是富于壮美的。荷花池并不广,靠池一边的草地也不长,有了这两株植物,看去已经布满了池和地底界线,这在现在,自然也可以说是水杨和夹竹桃,筑成了荷花池和草地底界线了。

在草地上,看去最醒目的,除了高高地摇摆着的一丈红,要算紧贴在墙上的绿莹莹的叶丛中底红蔷薇了。如果视线移近点地面,就可在墙脚旁看到凤尾草,还有五爪金龙,在一丈红底近旁又有蒲公英和铺地金,还有木香;还有牵牛花,昂着头,攀附着一丈红,似乎想和这直竖着的草茎争个高下。至于紧贴在地面的,虽然看去只是细簇簇碧油油,好像是柔软的茵褥,可是如想仔细地弄清楚,不但普通中学校底博物教师要"嗳——""嗳——"地说不出所以然,就是大学校生物系里底教授,也难免皱一皱眉头呢。

在池中,一眼看去,似乎水面上只有荷叶和荷花,可是仔细再看,就可以知道还有莲房,还有开着小黄花的萍蓬草。其实,只是荷叶和荷花,也就够多变化够热闹了。荷叶有平展着圆盘浮在水面上的,有黄伞般在空中摇摆着的,有一半已经展开一半还卷着勇气勃勃地斜横着的,有刚露出水面还都紧紧地卷着富于稚气的;也有兜着水珠把阳光反映得灿烂炫目的,也有已经长得很高,却未展开叶面,勇敢无比地挺着,显得非常有希望的。荷花,已经开大的好像盛装着的美女正在微笑得出神。还只开得一点的仿佛处女因为怕羞只在暗中偷偷地笑的样子。

在水面,没有荷叶或者萍蓬草浮着的地方,时时可以看到突然露出一个青蛙底头来,或者一条细小的蛇昂着头弯弯曲曲缓缓地游过。水中有水虱,又有水蚤,还有许多形态很不雅观,却很强有力而自以为是的生物,如蚂蟥泥鳅之类。

可是,在这池面上,最富生气的总要算是徘徊其间的蜻蜓了,它有着圆大的眼睛,看得很仔细,而且看得很快,只需一瞥,它就了然了,虽然它底翅子很单薄,尾巴也很瘦小,但是身子并不笨重,而且原动力还强,所以毫无驾御不住的情形,很自在地游行飞舞其间,有时停在荷花底瓣上,使得荷花点一点头,有时停在萍蓬草上,使得花梗弯一弯腰。不消说,因为它,池面上增了不少生趣。它也觉得这环境委实好,池中固然丰富,池旁底草地上还有着这样多的花木。因为有着水杨和夹竹桃,虽在太阳照得很凶猛的时候,也有阴荫可以避暑,却仍可以望见蔚蓝的天空,因为树底枝叶并不遮住全池面,傍晚也可以望见晚霞,夜中还可以见到星星和月亮。但使他徘徊着的主因,却是因为池旁草地上有着一只华美的蝴蝶。说是华美,还得解释清楚点,这固然不是像一般盲从时髦的小姐们一味地花花绿绿,也并非像专尚漂亮的只是奇形怪状,照实具体地说,就是她底色彩形态,并没有什么奇特的成分,只是因为配合得适度,所以很是悦目了。就是她底举动,也并没有什么是异乎寻常的,但是因为处处都很适当,就觉得是温和大方,使得蜻蜓看了,不由得心弦剥剥地猛跳,凝思神往,如痴欲狂了。

比方说,这蝴蝶具有的美,宛如水杨所有的柔美,蜻蜓所有的恰是夹竹桃的壮美。

几乎忘却,还有些事物不得不在这里补叙一下了,就是在这美妙的景物间,还有着一只癞虾蟆常在其中不管三七二十一地制丑感,不知道它是因为妒忌,还是因为它本是除了饥饱的感觉就什么也不明白了的,总之它有时忽在草地上出现,就对着飞舞得正在出神的蝴蝶说:"吃掉你,让我来吃掉你这蝴蝶罢!"

有时它忽在荷花池中出现了,也就对着飞舞得兴致正浓的蜻蜓说:"吃掉你,让我来吃掉你这蜻蜓罢!"

但是这并不十分使得蜻蜓为难,因为癞虾蟆讨厌虽然很讨厌,却并没有翼翅膀,只要不飞近它去,它是奈何它们不得的。使得它为难的,却是张在水杨和夹竹桃之间的蜘蛛网。因为,已经说过,蜻蜓徘徊池中的主因,就是为着草地上底蝴蝶,就是,徘徊的目的是想和蝴蝶去接近,有着这蜘蛛网,它不能直向草地飞去了。他一见着那可爱的蝴蝶，总也就见着这可怕的网了。这网底一端附着在水杨底横着的枝子，另一端附着在夹竹桃底叶上面，还有一端附着在生在池旁的蒲公英底花托，被风吹着的时候，只是凸一凸肚子，使得所附着的枝叶颤抖一下，很是牢不可破的样子。因此，蜻蜓觉得蝴蝶虽然万分可爱，她却好像是在盛大的荆棘丛中，也像是在凶猛的虎口中的了。

或者以为荷花池和草地之间并非一张蜘蛛网所能阻住，必还另有路可通行，否则癞虾蟆怎能忽在池中出现，忽又在草地上出现了呢？可是蜻蜓和癞虾蟆，形态固然不同，性情也很不一样。癞虾蟆底形体虽然比蜻蜓底大，可是它只要有着它底尖尖的头过得去的缝子，就能做扁身子钻过去了。蜻蜓不行，他飞行必得展开着四翅，而且他不愿偷偷地爬什么缝子，更其是为着爱者，他以为示爱的行为必须光明正大，勇敢热烈，决不能是鬼鬼祟祟的。

他也明白，他底翅子是受不起蜘蛛网底打击的，但他觉得他底爱火为着他底爱者蝴蝶姑娘猛烈地燃烧，有着强大的热力，以为无需顾忌什么障碍，尽可勇往直前。他又以为如果冲不破这道蜘蛛网，也就是没有资格去爱那可爱的蝴蝶姑娘的了。

这时太阳已只留下余光，池水反映着五彩的晚霞，显得很是沉静，紧贴在墙上的绿莹莹的蔷薇底枝叶，已有点暗沉沉辨不明叶子底轮廓了。蝴蝶姑娘绕着攀附在一丈红的牵牛花缓缓地飞舞，很是安闲从容地在那里欣赏晚景，蜻蜓知道她不久就要归她底窠去，天一黑就将看不见她，以为如不趁着这时向她有所表示，难免失之交臂了。于是他就下了决心，赶紧向着草地底反方向飞去，一直飞到边上，他才旋转身来，用着全力鼓动翅子，直向蝴蝶姑娘底一边飞去。可是到了水杨和夹竹桃筑成的界线上，嗤的一声，他底头和两只前翅已被蜘蛛网黏住。他并不惊慌，也毫没有退却的心思，只是一心想用他底最后的力来冲破这网，终于达到亲近蝴蝶姑娘的目的；于是尽力挣扎，可是结果只是脚和两只后翅也被蜘蛛网紧紧地黏住了。虽然这网已有一大部分被他冲破了，但他依然不能脱身，他底身上已经缠满了网丝，而且已经疲倦得乏了力，而且癞虾蟆也已一摇一摆地爬到了他底身下，掀着长舌头高兴地说："吃掉你，让我来吃掉这蜻蜓罢。"

他想呼救，但他觉得呼救也是无益的，只是表示了弱态罢了。他仍然镇定着静默。

忽然空中吹过一阵微风，所有的一丈红和攀附着的牵牛花都跟着点了点头；荷花，荷叶和莲房也都摇摆了一下，水杨和夹竹桃底枝叶也都跟着飘动，只是水杨摆宕得厉害点，夹竹桃摆宕得轻微点，蒲公英等小草也都弯了弯腰，似乎都在代替蜻蜓叹惜。蜻蜓自己也因为受了蜘蛛网被风激动的影响，不禁打了个寒颤，也就感到一阵凄凉。然而，他并不认为这是苦痛的，他却以为这是甜蜜的，因为他觉得蝴蝶姑娘就将为他表同情，就将向他飞来，用着她底温柔的手解除缠着他的网丝了。他又以为就是终于摆不脱这网丝，终于只得在这缠绕的网丝中死去，临终有着她底温柔的手抚摩，这已够幸福，足以安慰，也是足以自傲的了。

1928 年 6 月 20 日

# 菜园小记

◎吴伯箫

种花好,种菜更好。花种得好,姹紫嫣红,满园芬芳,可以欣赏;菜种得好,嫩绿的茎叶,肥硕的块根,多浆的果实,却可以食用。俗话说:"瓜菜半年粮。"

我想起在延安蓝家坪我们种的菜园来了。

说是菜园,其实是果园。那园里桃树杏树很多,还有海棠。每年春二三月,粉红的桃杏花开罢,不久就开绿叶衬托的艳丽的海棠花,很热闹。果实成熟的时候,杏是水杏,桃是毛桃,海棠是垂垂联珠,又是一番繁盛景象。

果园也是花园。那园里花的种类不少。木本的有蔷薇,木槿,丁香;草本的有凤仙,石竹,夜来香,江西腊,步步高……草花不名贵,但是长得繁茂泼辣。甬路的两边,菜地的周围,园里的角角落落,到处都是。草花里边长得最繁茂最泼辣的是波斯菊,密密丛丛地长满了向阳的山坡。这种花开得稠,有绛紫的,有银白的,一层一层,散发着浓郁的异香;也开得时间长,能装点整个秋天。这一点很像野生的千头菊。这种花称作"菊",看来是有道理的。

说的菜园,是就园里的隙地开辟的。果树是围屏,草花是篱笆,中间是菜畦,共有三五处,面积大小不等,都是土壤肥沃,阳光充足,最适于种菜的地方。我们经营的那一处,三面是果树，一面是山坡；地形长方，面积约二三分。那是在大种蔬菜的时期我们三个同志在业余时间为集体经营的。收成的蔬菜归集体伙食，自己也有一份比较丰富的享用。

那几年，在延安的同志，大家都在工作、学习、战斗的空隙里种蔬菜。机关，学校，部队里吃的蔬菜差不多都能自给。那个时候没有提出种"十边"，可是见缝插针，很自然地"十边"都种了。窑洞的门前，平房的左右前后，河边，路边，甚至个别山头新开的土地都种了菜。

我们种的那块菜地，在那园里是条件最好的。土肥地整，曾经有人侍弄过，算是熟菜地。地的一半是韭菜畦。韭菜有宿根，不要费太大的劳力(当然要费些工夫)，只要施施肥，培培土，浇浇水，出了九就能发出鲜绿肥嫩的韭芽。最难得的是，菜地西北的石崖底下有一个石窠，挖出石窠里的乱石沉泥，石缝里就溁溁地流出泉水。石窠不大，但是积一窠水恰好可以浇完那块菜地。积水用完，一顿饭的工夫又可以蓄满。水满的时候，一清到底，不溢不流，很有点像童话里的宝瓶，水用了还有，用了还有，不用就总是满着。泉水清冽，不浇菜也可以浇果树，或者用来洗头，洗衣服。"沧浪之水清兮，可以濯我缨；沧浪之水浊兮，可以濯我足。"这比沧浪之水还好。同样种菜的别的同志，菜地附近没有水泉，用水要到延河里去挑，不像我们三个，从石窠通菜地掏一条窄窄浅浅的水沟，用柳罐打水，抬抬手就把菜浇了。大家都羡慕我们。我们也觉得沾了自然条件的光，仿佛干活掂了轻的，很不好意思，就下定决心要把菜地种好，管好。

"庄稼一枝花，全靠粪当家"。为了积肥，大家趁早晚散步的时候到大路上拾粪，那里来往的牲口多，"只要动动手，肥源到处有"。我们请老农讲课,大家跟着学了不少知识。《万丈高楼从地起》的歌者,农民诗人孙万福,就是有名的老师之一。记得那个时候他是六十多岁,精神矍铄,声音响亮,讲话又亲切又质朴,那老当益壮的风度,到现在我还留着深刻的印象。跟那些老师,我们学种菜,种瓜,种烟。像种瓜要浸种、压秧,种烟要打杈、掐尖,很多实际学问我们都是边做边跟老师学的。有的学会烤烟,自己做挺讲究的纸烟和雪茄;有的学会蔬菜加工,做的番茄酱能吃到冬天;有的学会蔬菜腌渍、窖藏,使秋菜接上春菜。

种菜是细致活儿,"种菜如绣花";认真干起来也很累人,就劳动量说,"一亩园十亩田"。但是种菜是极有乐趣的事情。种菜的乐趣不只是在吃菜的时候,像苏东坡在《菜羹赋》里所说的:"汲幽泉以揉濯,抟露叶与琼枝。"或者像他在《后杞菊赋》里所说的:"春食苗,夏食叶,秋食花实而冬食根,庶几西河南阳之寿。"种菜的整个过程,随时都有乐趣。施肥,松土,整畦,下种,是花费劳动量最多的时候吧,那时蔬菜还看不到影子哩,可是"种瓜得瓜,种豆得豆",就算种的只是希望,那希望也给人很大的鼓舞。因为那希望是用成实的种子种在水肥充足的土壤里的,人勤地不懒,出一分劳力就一定能有一分收成。验证不远,不出十天八天,你留心那平整湿润的菜畦吧,就从那里会生长出又绿又嫩又苗壮的瓜菜的新芽哩。那些新芽,条播的行列整齐,撒播的万头攒动,点播的傲然不群,带着笑,发着光,充满了无限生机。一棵新芽简直就是一颗闪亮的珍珠。"夜雨剪春韭"是老杜的诗句吧,清新极了;老圃种菜,一畦菜怕不就是一首更清新的诗?

暮春,中午,踩着畦垄间苗或者锄草中耕,煦暖的阳光照得人浑身舒畅。新鲜的泥土气息,素淡的蔬菜清香,一阵阵沁人心脾。一会儿站起来,伸伸腰,用手背擦擦额头的汗,看看苗间得稀稠,中耕得深浅,草锄得是不是干净,那时候人是会感到劳动的愉快的。夏天,晚上,菜地浇完了,三五个同志趁着皎洁的月光,坐在畦头泉边,吸吸烟;或者不吸烟,谈谈话;谈生活,谈社会和自然的改造,一边人声咯咯罗罗,一边在谈话间歇听菜畦里昆虫的鸣声;蒜在抽薹,白菜在卷心,芫荽在散发脉脉的香气:一切都使人感到一种真正的田园乐趣。

我们种的那块菜地里,韭菜以外,有葱、蒜,有白菜、萝卜,还有黄瓜、茄子、辣椒、西红柿,等等。农谚说:"谷雨前后,栽瓜种豆。""头伏萝卜二伏菜。"虽然按照时令季节,各种蔬菜种得有早有晚,有时收了这种菜才种那种菜;但是除了冰雪严寒的冬天,一年里春夏秋三季,菜园里总是经常有几种蔬菜在竞肥争绿的。特别是夏末秋初,你看吧:青的萝卜,紫的茄子,红的辣椒,又红又黄的西红柿,真是五彩斑斓,耀眼争光。

那年蔬菜丰收。韭菜割了三茬,最后吃了薹下韭(跟莲下藕一样,那是以老来嫩有名的),掐了韭花。春白菜以后种了秋白菜,细水萝卜以后种了白萝卜。园里连江西腊、波斯菊都要开败的时候,我们还收了最后一批西红柿。天凉了,西红柿吃起来甘脆爽口,有些秋梨的味道。我们还把通红通红的辣椒穿成串晒干了,挂在窑洞的窗户旁边,一直挂到过新年。

1961 年 4 月 9 日

# 贫女巧梳头

## ——谈中国园林

◎陈从周

近几年来世界上掀起了中国园林热,从一九七八年冬,我去美国纽约大都会博物馆筹建"明轩"开始,海外不断地出现了中国园林,这说明了世界上的人对中国文化的爱好,这是值得欣慰的事。但是中国园林在现今时代抱什么态度来对待呢?有的是全部照搬的古典主义者,也有全盘否定的虚无主义者。继承也好革新也好,看来都不够全面的。我认为继承与革新两者并不矛盾,没有继承,何言革新,述古可以为今,继往可以开来,盲目的搬移,彻底的否定,也并不是发展的道路。那么中国园林有些什么可继承呢?

一种文化的形成,并不是无本之木,园林应该属于文化范畴,非土木绿化之事,它属于上层建筑,反映了一定的意识形态,由此而产生了园林创作。

中国园林首重意境,即所谓诗情画意,这种诗情画意,与中国的哲学美学文学思想是分不开的,亦就是说园林的设计者有这种思想感情,才能创造出他理想的园林,思想感情变了,爱好有了差异,当然园林产生意境也自然不同了。中国园林的那种闲适幽雅,并寓之以德的(就是以园林怡情养性,进行品德教育)超世脱俗的情调,也许可说是主导思想吧!因为

要表达这种境界,当然要用许多手法,唐代的白居易在庐山之
麓建草堂,以山为借景,尽收眼底,这种巧妙的手法,到明末计
成将其总结了出来,可见古人一直沿用的了。这说得上是一
个伟大的创举,它将永远为人们所应用。"风水学"中的"靠
山"、"照山",亦是借景之别称而已。它不仅在造园与造景上
已成为准则,而且在城市规划与居住区设计中也不能忽视。
由借景而产生的选址问题、布局问题,都是分不开的,所谓大
处着眼、全局观点、因地制宜,运用得好,气势神韵皆出,帝王
之都,名园之基,无不首先重视借景。

叠山理水,在中国园林其理本与画理相通,就是将自然景
物加以概括提炼,做到"虽由人作,宛自天开"。我曾说过"水
随山转,山因水清"、"溪水因山成曲折,山蹊(路)随地作低
平",这就是山水的关系,这种原则不论中西与古今,我想总不
会变的吧?建筑物在中国园林中,是占主要地位,这是肯定
的,但从园林史来看,我认为它的发展是由少到多,清代的园
林建筑比重肯定比元明多,而且运用得更巧妙,空间分隔更灵
活,这与造园的速度有关,计成在《园冶》中早说过,"雕栋飞楹
构易,荫槐挺玉成难"。建造房屋快,树木成长慢,为了追求园
林早日竣工,在求得较为好的地形与借景有利的条件下,基地
上如有若干大树古木,于是以大量建筑物安排组合其间,名园
指日可成矣。苏州留园,在盛氏购入后,便添加了大量建筑
物。北京的皇家园林也是越到后期加添的建筑越多。景点的
增多,差不多皆与建筑分不开。建筑物在园林中占如此主导
地位,在今日造园时还可有所借鉴,它不但在造园上起艺术作
用,而且在快速造园这一方面也见显著效果。当然道理是一
个,而形式表现亦因地因时而异。我们师其理,而不是用现代

建筑材料仿木结构造亭台楼阁。中国园林是悟其理，传其神，生搬硬套，非度人以巧也。因此造园是有法而无式。不明其因焉得其果？

我认为中国园林在世界上来说，它是一门综合性艺术，又是综合性科学，其涉及知识面之广，变化之多，不难理解。如果说不先从园林理论与园林史入手，进行一些研究，要创作园林，或是另开一条新的造园道路，恐怕有所困难，要走许多弯路。目前出现了许多园林小品书，无异于熟食店的冷盆，是做不出整桌名菜的。"宜亭斯亭，宜榭斯榭"，重在宜字，宜就是建造的根据，"体宜"就是造园要得体，得体就是恰到好处，但是做到这一点并不是容易的事，如果没有理论根据，如何下笔？"胸有成竹"方可信手拈来。东施效颦，已为共见。不经过一番理论的研究与分析，要谈继承与革新有若缘木求鱼，于事是无补的。

中国造园有其普通的手法，如对比、节奏等等，但是我们要探讨的是它在中国园林中的特殊表现，亦就是同中求不同。我说过"园必隔，水必曲"，这在中国园林中最为常见，然而西方园林用树丛，用流水也可以成隔与曲，但表现的境界却有所不同。中国园林的建筑与假山水池却是突出手法，"建筑看顶，假山看脚"，在仰观与俯视上皆起很大效果，如果改用平顶那就感到缺少什么似的，视线只可以平视为主，然而对这类问题，看法又不一致，尤其今日坡顶的建筑日趋减少，像这种情况，又怎样对待呢？中国的园林，尤其私家园林，范围又那么小，小中见大，含蓄不尽，如果将它放大了，意境随之变更，木结构的亭榭，放大了又不顺眼，苏州拙政园东部那座巨亭就是失败的例子。近年来亦知道大园林不分区不成，亦就是用大园包小园的手法,化整为零,分中有合。这种手法在新园林中正在尝试中。我在《说园》中总结出了"动观"与"静观"的理论,这原是古代哲学思想在造园中的体现,我深信不论中西园林,都不自觉地在运用着,至于运用得好与坏,那要看设计者的水平了,但是对"动"与"静",却不能等闲视之,游有"动""静",景也有"动""静",情也有"动""静","为情而造文"是文学的高作品,同样造园其理一也,故云"情景交融",世界上哪一个人是没有情?而情在造园中的应用,则应该说是列于首要地位,在继承和革新的造园事业中,这一点是无法否定的。

近来有许多人错误地理解园林的诗情画意,认为这并不是设计者的构思,而是建造完毕后加上一些古人的题辞、书画,就有诗情画意了,那真是贻笑大方了。设计者对中国传统国画、诗文一无知晓,如何能有一点雅味呢?有一点传统味呢?各尽所能,忽视理论,往往形成了不古不今、不中不西的大杂烩园林。我并不是一个泥古不化的人,如果运用中国造园原理,能出新意,亦是有源之水,因此在现在看来,今后的造园创作,对于中国园林理论与历史的研究,是有助于园林创作事业的。提出这样的观点与大家商量,似乎比较近情理吧。中国的造园理论与手法,有许多与国外相通,尤其是日本园林,但是由于民族的差异,文化社会地理等条件的不同,遂各成体系,在运用上,也应该作一番分析,有可移用,有不能移用。功能、形式的产生不是凭空而来的。我们的思想头脑要清晰些。佳者收之,俗者摒之,则万物皆为我所用了。苏东坡有两句诗"贫家净扫地,贫女巧梳头",对我们园林工作者来说,实在太用得到了,能懂得这诗中的命意,在"巧"字上多下功夫,我相信在造园这门学科中,必大大地向前一步了。

# 园林城中一个小庭园

◎何为

## 一

苏州城里,黄场桥头七号,并不是显赫的宅第,也不是名胜古迹的所在。它不过是一个老人惨淡经营了多年的,一个极其普通的庭园。

在这具有悠久艺术传统的历史名城,一千四百多年以来,究竟兴建了多少园林? 是一百五十座,一百七十座,或竟是两百座? 诸说不一,似乎谁也不能做出确切的回答。

整个城市是园林组成的。古老的、美丽的园林之城,在这里,集中了历代江南园林建筑艺术之大成。每一座园林的每一个角落,甚至每一扇漏窗内外,都足以构成一幅江南山水风景画轴。数不尽的亭台楼阁,假山奇石,回廊曲径,水榭花墙,各以其历史传统和独特格局,分布在大小不同的园林里,吸引着无数游人。

在如此众多的中国古典园林中间,黄场桥头那块园地,显然是不足道的,也不引人瞩目。

然而,它也有最值得怀念的岁月,有许多绚丽的日子,有它的金色时光。这都记录在许多本厚厚的签名簿上。其间也有不少英文、法文、德文、日文和其他外文的签名。异国旅人的长长签名，与一连串往事的回忆交织在一起。那几年，包括作家和艺术家在内的二十余个国际友人代表团先后来观光。远方旅游者留下了他们的惊叹和赞誉之声。

在兴旺的五十年代初期和中期，园主人周瘦鹃将近六十岁了。他有一本贵宾纪念册，那是属于他小小园子里最大的荣耀和骄傲。纪念册上，几个伟大创业者的不朽名字，至今墨迹犹在，音容犹在。

也许很少有人知道，周总理也在这本子上留下亲笔题词。由于崇敬和情意真切的思念，老人经常把这本珍藏的纪念册置于枕旁。

有时，夜深沉，往事如潮，老人辗转不寐。于是纪念册里仿佛响起一个伟大的声音。总理在这园子里说过的话，既是对一个老知识分子的艰难历程深表关切，又是对他未来的人生道路寄予莫大期望，那声音时时在他的耳边回响。

## 二

一九一七年，上海中华书局刊印一部以文言文译述为主的《欧美名家短篇小说丛刻》，共收二十多个著名外国作家的短篇。其中一篇是高尔基的《叛徒的母亲》。迄今所知，这是我国最早迻译的高尔基一个短篇小说。鲁迅对这部《丛刻》的评价很高，誉为"昏夜之微光，鸡群之鸣鹤"。

金字书脊，浅绿色封面，精装本厚厚一大册，包括五十篇欧美短篇小说的译作。译者周瘦鹃，时年二十二岁。漫长的笔耕生涯中，一个重要的开端。数十年来，他曾是多种有影响的报纸副刊和杂志的编辑。同他的朋友在长期文学活动中，别树一帜，自成一派。

他更为人称道的成就则是园艺。

园艺中的盆栽和盆植，尤其是盆景，是艺术创作中另一类奇葩。它同样具有感人的艺术魅力，给人们的生活中带来自然景色的美，使心灵有所陶冶，生命增添色彩。

早年，周瘦鹃蛰居上海，卖文为生，整天伏案写作，偶有空暇，以盆植自娱，给上海弄堂房子里单调灰色的生活，添上一点绿意，一点生气。在紧张的脑力劳动之余，从绿色的盆景世界中，获得片刻休息。

三十年代初期，他终于有可能迁居，回到他的苏州故园，并且有了一块自己的园地。他精心栽培园艺作物，日久也斐然可观。可惜他的许多盆景，后来又大部分毁于抗日战争的兵燹之中。

在旧中国，依靠园艺制作难以为生，正如依赖文字工作无法糊口一样。新中国诞生了。知识分子这才有可能实现他毕生的愿望和抱负。周瘦鹃如此倾心的园艺事业，也只有到解放以后，才真正受到国家的重视。他相继被选为三届和四届的全国政协委员。毛主席和周总理都接见过他。

一个出身贫困的老知识分子，走了一长段坎坷的世途，历尽艰辛，如今人民给了他这样崇高的荣誉，他心里自然充满了无比的喜悦和由衷的感谢。同许许多多爱国的知识分子一样，周瘦鹃力求在他自己专业的那个领域里，不断为社会主义祖国做出新的贡献。

他孜孜不倦，经营四季园艺，终年勤奋劳作。同时又继续写文章，不仅在国内，也为东南亚的华侨读者生产精神食粮。

这两个园地之间,本来就没有樊篱,不论在哪个园地,他都称得上是一名辛勤耕耘的园丁。

常有不相识的客人慕名而来。在满目葱茏的庭园里,有一老人,瘦高个子,终日穿梭于花树丛中,忙个不停。穿一袭满是补丁的旧短衫,身上泥土斑斑,看上去也确实像个园丁。陌生的来客探询:"周瘦老在家吗?"

他照例迎上前去,怡然回答:"我就是周瘦鹃。"

只有他那副茶褐色的护目镜,似乎说明了他的身份。为了保护长期从事写作而受损的目力,他习惯于戴一副墨镜。

戴眼镜的老园丁有时背上竹筐和锄头,向大自然探寻园艺作品的素材,来往于太湖的山岛之间。

苏州在太湖之滨。太湖三万六千顷,烟波浩渺,群山隐现。一整天的跋涉和攀登,从幽谷峭壁的罅隙中,倘能发现一棵虬曲苍老的枯干,姿态古朴可喜,那将是老园丁最大的收获。

深山岩壑间的松柏、榆树或杉树,黄杨或红枫,经数十年乃至成百年风霜雨露,乃愈见其苍古。野生的枯干虬枝,一经移植,便如枯木逢春,生机萌发,成为不可多得的盆栽上品。

一盆匠心独具的盆景,如同一件富有生命力的艺术作品,贵乎自然,贵乎独创。出于高手的盆栽或山水盆景,是一幅画,也是一件雕塑品,两者兼而有之。在咫尺之间创造一个新的境界,一个诗意的境界,一个现实与梦幻交织的境界。在有限的空间,给人以无限的想象。观赏者宛如身临其境,悠然神往。无怪乎中国的盆景艺术驰誉世界。

对这个老园丁来说,园艺制作就是一种生命的欢乐。乐在其中。艺术家的最高报酬不是别的,而是作品本身所取得的成就。重要的是,艰苦的劳动,无尽的探索,不懈的努力。有播种,才有收获。

他的盆景最多时达六百余盆,蔚为大观。但愿更多的人分享他创造的欢乐。为此,他的园地向每一个人开放,向所有来访者毫无保留地展示他的园艺世界,正如艺术家向人民敞开他心灵的世界。

人们喜欢这块园地。久而久之,黄场桥头七号成为园林城中令人神往的去处之一。远近的人都称之为周家花园。

## 三

一九六三年一月三十一日,周总理来到这个花园。

八年前,总理在北京见到周瘦鹃时,许下了姑苏之行的心愿。过了那么许多年,周总理并没有忘记。他从来不忘记,即使是这样一个许愿。

那一次,总理到上海参加会议,利用余暇的时间,仅仅半天,抽空到了苏州。黄昏时分,特地赶来看看周瘦鹃和他的园地。

转眼快到春节了。一年伊始,万象更新。虽然是寒冬时节,庭园里的花事依然很盛。猩红的天竺子缀满绿叶枝头,灿若红豆。冷艳的水仙相继开放,洁白芬芳,清香四溢。吉祥草细柔如兰,装饰着庭径。万年青阔大肥厚的叶丛中,花蕊红艳如玛瑙。整个园子里喜气洋溢。

冬日薄暮,天气晴朗。总理与邓大姐在随行人员陪同下进入园子。像是来探望阔别多年的老朋友,像是到了一个熟悉的家庭,总理同迎候在庭园门口的每一个大人与孩子握手,把这一家最小的女孩抱在怀里。

总理端详一下戴着茶色墨镜的园主人，称他"周瘦老"。到这园子来的许多中央领导同志都习惯地这样称呼周瘦鹃。

总理笑着说，他终于实现了八年前的愿望。今天，参观了美丽如画的苏州园林以后，再到这儿看看，更感到这块小园地别具一格。

园主人邀请贵宾们先到他的"爱莲堂"小憩。这个厅堂取名爱莲，一则是主人爱莲花，再则是借用宋朝周敦颐名篇《爱莲说》中的一句"爱莲之出淤泥而不染"，有自侃不为世俗所污之意，似乎要借此表明，中国的知识分子是有骨气的。

今天是"爱莲堂"的节日。古色古香的中国式红木条几上，花架上，八仙桌上，摆满了许多出奇制胜的盆景。雀梅、三角枫、鸟不宿、五针松、六月雪、米叶冬青、瓜子黄杨等等，或作悬崖式，或作枝垂式，或作石附式，或作直干式，变幻无穷，令人目不暇接。所有这些园艺作品，今天为了欢迎来访的贵宾，更显得典雅多姿，玲珑剔透。

周总理坐在一张红木椅上。主人周瘦鹃陪坐在旁边。近处八仙桌旁坐着邓大姐。喝茶，嗑瓜子，闲话家常。

总理说：周瘦老，你的园艺全国有名，广大群众是喜欢的，国际友人和海外华侨都很赞赏，这也是为社会主义建设服务嘛。

总理又说：你有两个园地，一个是园艺，一个是文艺，其实也可算是一个园地吧，都要不断创作新作品呀，要努力为人民多做贡献，人民是不会忘记你的。

周瘦鹃沉浸在幸福中，随手摘下墨镜，眼角闪动着热泪。他不由想起，解放初期他隐居在苏州故园，思虑多端，迟迟不敢动笔。一天，来了一位客人，进了"爱莲堂"，帽子一脱，声音洪亮地通报道："周瘦老在家吗？我叫陈毅！"陈毅同志当时是上海市市长，心直口快地责问周瘦鹃：为什么你不写文章？不是年龄问题，不是技巧问题，而是时代问题！跟不上时代，这才是问题所在。真是快人快语。一语道破了刚刚解放时不少老知识分子观望不前的毛病。这话出之于诗人兼将军陈毅之口就更有分量了。

还有更难忘的一次，六二年在北京开会，毛主席也耳提面命地对他说过："要写些新东西！"

是的，新的时代需要更多新的作品。

现在敬爱的周总理在他家里欢聚一堂，又向他提出了殷切的期望。他将如何在自己的园地里耕作，究竟能对人民做出多少贡献，这只有让作品的本身来答复。

总理的坐椅靠着厅堂左上角，旁边立着一座长钟。这座很大的落地长钟，钟面的玻璃光可鉴人。钟座形似玻璃长柜，看得见里面银亮的大钟摆庄严地摆动。时间的脚步，今天移动得太快了。数十分钟的幸福时光，转瞬就过去，留也留不住。

随后，总理回到屋外的庭园里。

灿烂的黄昏夕照下，周总理由园主人随身陪伴，穿过园中小径。园地不大，而花木繁多，其间山石错落，草坪起伏。紫荆架。牡丹台。芍药圃。荷花池。然后是石砌梅屋。梅开在百花之先，在群芳谱中位居第一。今年的梅花又开得早。斜干的单瓣白梅，半悬崖形的玉蝶梅，形态古怪的朱砂红梅，还有江梅、送春梅和铁骨红梅，以及形若"鹤舞"的盆景珍品绿萼老梅，争妍斗艳，纷纷预报早来的春信。贵宾们在香雪海中穿行,时时停下来驻足观赏,倾听园主人的介绍。

　　使人赞不绝口的是山水盆景。那是一盆盆缩小了的中国山水。艺术家胸有丘壑,腹有诗画,师法我国古代画家的大手笔,以古今名画为借鉴,朝夕揣摩,心领神会,遂使宋代范宽的《长江万里图》和元代倪云林的《江干望山图》等名画,具体而微再现在盆景里。

　　每一盆盆景如同捕捉了大自然永恒的一瞬间。大自然多么富饶!苔藓鳞皴的古梅,笔立摩天的银杏,嫩叶纷披的垂柳,绝壁悬崖的苍松,直伸不屈的老杉,都是盆景艺术作品最好的材料。在许多独创的盆景里,其中有一盆是将四株古柏合栽成组,酷似苏州光福司徒庙里那四株千年古柏的缩影。观赏者疑是进入那个古庙,从盆景里也能使人感到千年古柏的清、奇、古、怪。

　　总理看得很仔细,提了许多问题,频频点头赞许。人民喜欢这块小园地,这就说明它对人民是有贡献的。

　　终于到了依依惜别的时刻,周总理应主人之请,亲笔在贵宾纪念册留下题词:"一九六三年一月三十一日访周瘦老于苏州爱莲堂。"

　　这一家人多么希望,多么希望总理再一次到苏州旅行。总理,再来看看这个小小的园地吧!

　　是日,"爱莲堂"前的一株腊梅,花开甚盛,繁花压枝,香韵满园。

## 四

　　一九七八年岁末,冬天的一个上午。

多亏一位热情的苏州朋友带路，我才能在园林城中，找到这个小庭园。

　　园子在幽寂的小巷深处，长长的青石板道尽头。粉墙剥落，木门虚掩。推门而入，园地里空寂无人。荒芜，凋零，衰落。在冬日淡淡阳光下，一个被遗忘的旧日的花园，有如一个依稀的旧梦。

　　我站在门前，迟疑了很久很久，无端感到一阵迷惘。

　　这就是当年游人如织的周家花园吗？

　　约定与周瘦鹃的夫人见面，不巧她又卧病在床。倘若不是有熟人引路，我几乎不敢相信，这园子曾经也有它绮丽的年华。

　　不知哪个深院里，琵琶玲琮。若有若无的丝弦声，隔墙飘过来。是谁在试唱新曲？著名的苏州评弹，使人回肠荡气。曲调忽然转为激昂，清越飞扬，余音不绝如缕，倏忽间又消失在幽深的长巷外。

　　蓦地静息，四周愈显得寂寞。

　　半晌，屋内走出一个文静的苏州姑娘，连连表示歉意。这是园主人的女儿。随着她轻轻的步履，我在"爱莲堂"门前停留片刻。人去楼空，景物全非。厅堂被隔开来，住着几户人家。门上似乎还留着被撕碎的封条痕迹，像是一个残存的暴虐印记。

　　更多的伤痕在园子里。历史的沉重脚步也在这里跨过。暴风雨以后，百花凋残，荒草丛生。天虽已放晴，枯枝残叶上的雨点，依然往下面滴落。昔日的繁华荡然无存，只留下一片凄清的光景。

　　往事如烟，不堪回首。然而记忆是不会消失的。

长记得那香韵满园的冬日薄暮，一个多小时的幸福时光，周总理坐过的"爱莲堂"，总理走过的园中小径，总理同园主人的亲切交谈，这一切都历历在目。而岁月如流，当年周总理抱过的那个小女孩，现在已是附近工厂里的一个女工。

　　可是，总理称为"周瘦老"的那个戴眼镜的老园丁，再也不可能从花树丛中探身出来迎接客人了。

　　对一场突如其来的历史风暴，老人一开始并不介怀。听到一点风声，他也处之泰然。记得六三年四月间，朱德同志偕同康克清同志还一起在园子里漫步，在贵宾纪念册上题词留念。真的，叶剑英同志和李先念同志等都到过他的园子。这花园虽小，历来对人民开放，老园丁没有什么可顾虑的。

　　那一年酷热的夏天，园子里渐渐失去了和谐宁静。一批又一批不速之客气势汹汹地闯入他的园地。一张接一张打着叉叉的封条盖上他的屋子。经人劝说，老人颤巍巍地把他一生中创造的盆景精品，大约二三十盆，连夜搬到屋顶阁楼上，祈求安全，祈求庇护。他家里的人发现乐观的老人日趋沉默，以后又变得惊惶不安。

　　传闻张春桥在上海点了他的名。那个恶魔在一次会上狰狞地公开叫骂："什么周瘦鹃这一类无聊家伙哪！专门弄个盆景啊，那还不是搞复辟！"哼，复辟！周瘦鹃心里是明白的，化名狄克的老牌国民党特务分子张春桥，对付他这样一个老头并不难；这支远远射过来的毒箭，更阴险的目的是对着周总理等老一辈无产阶级革命家！

　　一天，又有几个暴徒蹿上他的阁楼，夺去了他最后的精神宝藏。他用大半生时间苦心经营的园地，他全部的精神财富，遭到无情洗劫。一次毁灭性的抄家，一次致命的打击！在狂暴的侵袭中,藏在楼顶上那些最名贵的盆景被抢走了,有的当场被砸碎。从高楼上砸落下来的盆景,发出令人心碎的声音。老人痛不欲生。

一九六八年八月二十一日,周瘦鹃七十四岁,结束了他的垂暮之年。一个老知识分子,毕生在他自己的园地里劳动,临了就这样写完他生命的最后一页!

有多少悲剧的结局,这也是其中一个。

一阵微风吹过。"爱莲堂"前那株腊梅,蓓蕾满枝。还是那棵老梅树。最初的梅花已经开放。高高的树干,带着一丛繁密的蜡黄色梅花,伸向园子的上空,伸向一望无际的长天碧空,似乎正在向苍天诉说一个过去的故事。

1979 年 5 月

园

# 竹园

◎袁鹰

　　童年梦忆里,常常出现一片郁郁的浓荫,飘来一片轻盈的绿色的云。

　　祖母去世,两位姑母先后出嫁,家庭人口减少,而家计却日渐窘迫,就从百善巷迁到毗连的廖巷。新居比原先小得多,但使我感到高兴的是一进门就有一个竹园。面积不大,大约不到半亩,栽了几百竿竹子,用竹篱笆围住,留出通道。微风吹过,发出阵阵响声,瑟瑟瑟,沙沙沙,十分悦耳。竹叶由绿变黄,悄悄落下,铺满一地,踩在上面,柔软舒适。竹园外有一棵梧桐树,又高又直,桐叶在风中摇动,像挥舞几百把小葵扇,也很好看。祖父常对我吟咏"门对千竿竹,家藏万卷书"那一联,流露出他那淡泊怡适的心情。

　　祖父爱带着我在竹园漫步,一边讲点有关竹子的故事和诗。魏晋间竹林七贤的轶事,虽然高雅,却并未留下什么印象,因为家里没有人嗜酒。同时,也无人会弹琴,所以对王维的"独坐幽篁里,弹琴复长啸。林深人不知,明月来相照"一诗,也领略不出它的妙处。有一次他讲《千家诗》里的"终日昏昏睡梦间,忽闻春尽强登山。因过竹院逢僧话,又得浮生半日闲"一首,说有一个什么人读了此诗,也想登山寻幽赏竹,不料遇到一个俗不可耐的和尚,废然而返,将诗句颠倒一下,变成:"又得浮生半日闲,忽闻春尽强登山。因过竹院逢僧话,终日昏昏睡梦间。"我听了哈哈大笑,才相信苏东坡的"宁可食无肉,不可居无竹"那句名言,对眼前的竹园又添一分喜爱。

常在竹园里玩,就能亲眼看到"雨中春笋"的奇景。有一天下着雨,我和姐姐在竹园里抽新叶中的竹芯,给祖父泡茶喝。雨下大了,只好出园回屋。午饭后再进园,忽然看见上午才出土的竹笋,一个个已经蹿得有桌子高了,有的比我们还要高出一头,长得真快!过一两天,它们就脱去箨叶,成为一枝枝亭亭玉立的新竹了。

1934年全家离开故乡前,祖父邀约几位诗文老友来聚会一次,然后请"唯肖"照相馆的摄影师来拍了一张合影。几位老先生站在竹园前,两边各有一个男孩;一个是许老先生的孙子许德乾,是个比我大两三岁的小胖子,另一个就是我。这张照片记下我和那片竹园的最后因缘,也是竹园的唯一一张照片。祖父曾将它带到杭州新居,有时拿出来摩挲良久。我猜想他是怀念家乡那几位老友,未必是为了竹园。

到杭州以后,常看到西湖边的竹子。云栖的茅竹更是一处胜景。但我还是想念旧家的小小的竹园。抗日战争第二年春天,我家由沦陷了的杭州迁居上海。夏天,就听到一则故乡传来的消息:日本侵略者的飞机有一次空袭淮安,在城东一带扔下好些炸弹,造成许多死伤。其中一枚,恰好命中我们的旧家,顷刻间就夷为瓦砾场,当然那座竹园也未能幸免,全部化为灰烬了。

听到这个噩耗,我的泪水夺眶而出。我仿佛看到一片火海中,无辜的故乡人在呼喊、挣扎、愤怒,也看到竹枝竹叶全在燃烧,噼噼啪啪的爆裂声一直在耳边响个不停,竹园在劫难中无望地呻吟、哭泣、呼救!

我的竹园,我的绿色的梦啊……

1993 年 6 月 20 日

# 种树

◎魏金枝

　　屋前的小天井里,除开当中的一方水汀地外,两边还余下两块泥地,本来种着好几样花木,计有三株冬青,一株杜鹃,两丛竹。我们是住惯了亭子间的,在房内每天看见的就是墙壁,所以当我们初住来时,对于这几样点缀品,也曾发生过一些兴趣。譬如在月夜,可有些树木的影子,参差地映到房里来。而晴和的日子,也有些小鸟,在树上啁啾。尤其是大热天,孩子们也可躲在树下玩儿,晒不着太阳。因此且曾议定方案,预备将它好好地整理一下。至于保护,那是当然了,对于这么个私家花园,实有义不容辞的责任。无如总因为忙,议定的方案,一直没有实行,甚且久而久之,对于这几样点缀品,慢慢地发生了厌倦之感。尤其是我的太太,她总说这房子的光线太差,老是绿暗暗的,分不出朝晚,辨不出昏晓,甚至连缝一个纽扣,也得费尽眼劲。那就是说,天井太小,树木太多,光线不能射进室内,室内便成一座深林,于是人在室内,犹如在昏暗中摸索。因而烦闷焦躁,以至于发生厌倦之感,那也是必然的结果。

　　然而最主要的,还是晒晾问题,孩子们是排泄专家,天天总有些尿布衣裤之类的东西要晒晾,可是树木却挡住了太阳,挡住了晾竿,给你种种的麻烦,使你不得不爬到三楼阳台上去晒晾。这还犹无不可；一到春天，它们还要尽力将枝桠伸展开来，慢慢地占住了从阶沿到玻璃窗这一空隙，这已使人发生一些逼害之感。且进而要拱破玻璃，大有登堂入室的样子。再过一时，又是黄梅天，天上整天下着牛毛雨，而孩子们小便的次数也就跟着竞争似的，越密越多，于是尿布衣服也就供不应求。既不能上洋台去晾，又不能湿了不换，唯一的办法，便只好在房里搭着竹竿阴晾。于是室内竿上的尿布，便如万国旗般，飘飘荡荡，挂个满室。水滴固然有时不免，而尿骚也就着实难闻。至于蚊子，自然也是从那些树木下孕育出来的，所以追根问底，自然都得怨怪到那几株花木。

　　大概也是一个黄梅天吧，我像落汤鸡似的逃回了家，衣上既是潮湿的雨滴，而衣内又是蒸郁的汗流，于是脱了衣，抹了身，躺在藤椅上息力，一面抓起报纸，无聊地消遣着。总以为可以暂时安适一下了，忽然，一滴尿布上的水滴，正正巧巧滴在我的鼻梁上，初次，我只嫌恶地抹去了水滴，另换了一个座位，但是第二个水滴，又马上滴在额上了。这把我肚里的陈年老火升了上来，于是我下了决心，顺手拿了把菜刀，也不声响，开出门去，对准了大一点的一株冬青，狠命地砍了几刀。刀是钝的，自然不能一下砍去，可是树枝上的水滴，却淋了我一身，把我新换的一身衣服，淋得滥湿。这时节，我真恨透了，不但不停止砍伐，而且加足了劲，心想一气就砍光了所有天井里的花木。但结果却更坏，因为刀卷了口，虽然还继续砍着，而刀却只从树皮上滑了去，有几下，甚至滑到自己的脚边，因而擦伤了皮肤。于是太太出来了，看见我那副光火的呆劲，怕我会砍断自己的脚，连忙把刀夺了去。算是表示安慰，于是坚决地说，一等天晴，她就预备向隔壁借把快刀，将所有树木，一起砍个精光。而我，老实讲，我也是力乏了，也便就此下场。

　　过了黄梅，天是晴了，猛烈的太阳，有时也从枝叶间溜进房内，于是我们的心情，也好似开朗了些，所以砍伐的计划，也就停着不曾进行。但是搁在心上的芥蒂，却也未曾消散，只是因为忙了，管不到这琐碎，也就得过且过，苟安着不再提起。凑巧不巧，接着又来了个秋季大霖雨，又是潮湿，又是热闷，然而室内，却又不得不晾满了尿布，而水滴也照常滴沥个满室，于是肚痛埋怨灶司，重新记起那几棵门外的花木。哪知天逢人愿，一夜大风，竟把那顶大的一株冬青连根拔了起来。本来，将它好好地扶直了，填好了泥土，或可照样生存下去的，可是因为心里恨它，所以虽然大水退了，还是存了一种幸灾乐祸的心理，让它自然地枯死了。接着，旁的两株冬青，两丛竹，一株杜鹃，大抵也因为淹了水，也都先后枯萎下去，接着一切都死了。

　　少了一切障碍着晾竿和阳光的障碍，室内是光明了，天井里也空旷了许多，尽可晒晾了，那是多么的可喜呵，于是一个假日，我便动手砍去已死的树骸，用菜刀把它们从根砍下，然后一段段地砍成柴片，预备作为引火之物。可是正当我砍伐到最大的那株死冬青，当我伸手扶它起来，我就发觉冬青的枝桠，原来还交叉着另一株树木的枝桠，它有着阔阔的叶子，比枇杷的叶子光滑鲜阔，原来是一株法国梧桐。它，原来就是一边靠着墙，一边靠着阶沿，一向躲在冬青树下，却被冬青茂密的枝叶遮蔽着，几乎无法显露出它的真面目，而现在，它却既不受风灾，也不受水灾，所以才侥幸地生存下来了。大概由于一点怜恤吧，也或者由于觉得这天井过于空旷了，于是我，一面以一种抱不平的气概，将冬青砍了下来，一面就将这受害者留着。心想，这样，它现在可以舒畅地生活了。

虽然这样，然而它那先天的地位，还是非常不利，因为靠着墙，它仍很难把它的枝干，自由地伸展开来，因此它只得像负隅的野兽般，将背脊贴住墙，而它的枝叶，则如驼背的老人，向前伛偻，必须吃力地支持自己，才能免于颠扑。因此我推想，倘使不砍去那株已死了的冬青，也或者可以稍稍支持它，然而现在却已砍去了。而另一面，生命之力，又拼命地引诱它，引向空间，引向太阳，以至于要是再继续长大下去，它自己的过量的体重，必至折断了它的腰。因之它也似乎觉得这点，便停止发展，甚至过了整个的一年，它仍是原样高，原样大，寂寞地躲在墙角边；倘不是正式地跨下院子去，便很难看见它是否存在。

而同时，砍去了树木，自然是多得了些光明，也有晒晾的地方了，然而一少了它们，就又觉到太寂寞了。因为少了它们，也就没有鸟声可听，月影可看。这，大概因为我们自己也是生物的缘故吧，往往多了一个生物，有时便会觉得多一份麻烦，但一旦少了一件，便又会觉得寂寞，那真是人类可笑的矛盾。

因此，我们又逐渐觉得寂寞起来了。当我们从玻璃格子上望出去，低点，便看见两块不毛的泥地，稍抬得高一点，又是面对着人家的死板的墙窗，此外再没什么有色素有生命的生物。虽然少了些蚊子，却也增加了热度，因为有着树木，树固然遮去了太阳的光线，但也代受了太阳的热力。这在平时，我们是不觉得的，现在却深切地觉得了，没了树木，也并没增加多少便利。

大概是偶然的一天，我又习惯地从玻璃上窥视天井，看见左边的那方泥地上,笔直地插着两三块劈开的柴爿,据我当时断定,以为定是孩子们在天井里玩,于是就把柴爿当为旗杆之类,插在那里了。这玩意,我们小时,也常常这么做,因此我又想,大概明天,孩子们玩腻了,一定又会把它拔了,仍旧丢到柴堆上去。然而,出乎我的意料,它们竟笔直地插了好多天,当我每次探头门外的时光,还是笔直地插着。于是我又想,大概因为天气凉了,孩子们便少跑到天井里去,于是对那已经插着的柴爿,也就懒得去收拾了。

　　然而这想法并不对,在某一个星期天,我仍看见他们照样跑到天井里去玩,照样争着吵着,对于刺面的秋风,并不觉着什么,而那插着的柴爿,也还照样插着,可见我想的并不正确,另外必定还有一个原故。于是我就几乎每天都要习惯地向天井里窥视一次,看看插着的木片,到底有什么变动。终于有一天,晚饭的时候,我又探头看天井了,忽然看见木片拔去了,换上三根鹅毛,而且仍是插在原来的位置上。

　　"鹅毛,哪里来的鹅毛?"我终于问了。

　　"是的,鹅毛,后门对家杀了鹅,她就去讨了来。"

　　"我是问,谁把它插在地上的?"

　　终于妻笑了,她指指坐在她身旁的孩子。"这呆子,"她说,"她要种出许多鹅毛来,因此她就把鹅毛插在地上了。"

　　"那么,那些柴爿,也是你插的?"我问那孩子,"可是插了柴爿,那是长些柴爿给妈妈烧饭吧?"

　　她皱起眉,认真地答道:"不,那是长出树来的。"

　　"可是你又拔了它!"

　　"它不长,长了也会给你砍去的。"她说,她用眼怀疑地盯住我,同时向我顿顿头,表示着抗议,"现在我种鹅毛了,让它笔直地长上去,长上去,长得天那般高,那时,你就砍不着它了。"

　　自然,鹅毛是不会在泥里生长起来的,大概再过几天,它们又会像对付柴爿一样,被丢过一边的。然而这个意念是好的,我想不辜负她孩子天真的幻想,当植树节来临的当口,去买几株最容易长大的杨柳,将砍去的树木,重新补种起来。仍使月夜,有点参差的树影可看,有几只小鸟来树上啁啾,而孩子们也仍得在树下玩儿,而那躲在墙边的一棵法国梧桐,也可多几个伴。

# 花园

## ——茱萸小集二

◎汪曾祺

在任何情形之下，那座小花园是我们家最亮的地方。虽然它的动人处不是，至少不仅在于这点。

每当家像一个概念一样浮现于我的记忆之上，它的颜色是深沉的。

祖父年轻时建造的几进，是灰青色与褐色的。我自小养育于这种安定与寂寞里。报春花开放在这种背景前是好的。它不至于被晒得那么多粉。固然报春花在我们那儿很少见，也许没有，不像昆明。

曾祖留下的则几乎是黑色的，一种类似眼圈上的黑色（不要说它是青的），里面充满了影子。这些影子足以使供在神龛前的花消失。晚间点上灯，我们常觉那些布灰布漆的大柱子一直伸拔到无穷高处。神堂屋里总挂一只鸟笼，我相信即使现在也挂一只的。那只青裆子永远眯着眼假寐（我想它做个哲学家，似乎身子太小了）。只有巳时将尽，它唱一会，洗个澡，抖下一团小雾在伸展到廊内片刻的夕阳光影里。

一下雨，什么颜色都郁起来，屋顶，墙，壁上花纸的图案，甚至鸽子：铁青子，瓦灰，点子，霞白。宝石眼的好处这时才显出来。于是我们，等斑鸠叫单声，在我们那个园里叫。等着一

花
园

棵榆梅稍经一触,落下碎碎的瓣子,等着重新着色后的草。

我的脸上若有从童年带来的红色,它的来源是那座花园。

我的记忆有菖蒲的味道。然而我们的园里可没有菖蒲啊。它是哪儿来的,是那些草?这是一个无法解决的问题。但是我此刻把它们没有理由地纠在一起。

"巴根草,绿阴阴,唱个唱,把狗听。"每个小孩子都这么唱过吧。有时什么也不做,我躺着,用手指绕住它的根,用一种不露锋芒的力量拉,听顽强的根胡一处一处断。这种声音只有拔草的人自己才能听得。当然我嘴里是含着一根草了。草根的甜味和它的似有若无的水红色是一种自然的巧合。

草被压倒了。有时我的头动一动,倒下的草又慢慢站起来。我静静地注视它,很久很久,看它的努力快要成功时,又把头枕上去,嘴里叫一声"嗯"! 有时,不在意,怜惜它的苦心,就算了。这种性格呀! 那些草有时会吓我一跳的,它在我的耳根伸起腰来了,当我看天上的云。

我的鞋底是滑的,草磨得它发了光。

莫碰臭芝麻,沾惹一身,咳,难闻死人。沾上身子,不要用手指去拈,用刷子刷。这种籽儿有带钩儿的毛,讨嫌死了。至今我不能忘记它:因为我急于要捉住那个"都溜"(一种蝉,叫得最好听),我举着我的网,蹑手蹑脚,抄近路过去,循它的声音找着时,拍,得了。可是回去,我一身都是那种臭玩意。想想我捉过多少"都溜"!

我觉得虎耳草有一种腥味。

紫苏的叶子上的红色呵,暑假快过去了。

那棵大垂柳上常常有天牛,有时一个,两个的时候更多。它们总像有一桩事情要做,六只脚不停地运动,有时停下来,那动着的便是两根有节的触须了。我们以为天牛触须有一节它就有一岁。捉天牛用手,不是如何困难工作,即使它在树枝上转来转去,你等一个合适地点动手。常把脖子弄累了,但是失望的时候很少。这小小生物完全如一个有教养惜身份的绅士,行动从容不迫,虽有翅膀可从不想到飞;即使飞,也不远。一捉住,它便吱吱扭扭地叫,表示不同意,然而行为依然是温文尔雅的。黑底白斑的天牛最多,也有极瑰丽颜色的。有一种还似乎带点玫瑰香味。天牛的玩法是用线扣在脖子上看它走。令人想起……不说也好。

蟋蟀已经变成大人玩意了。但是大人的兴趣在斗,而我们对于捉蟋蟀的兴趣恐怕要更大些。我看过一本秋虫谱,上面除了苏东坡米南宫,还有许多济颠和尚说的话,都神乎其神的不大好懂。捉到一个蟋蟀,我不能看出它颈子上的细毛是瓦青还是朱砂,它的牙是米牙还是菜牙,但我仍然是那么欢喜。听,瞿瞿瞿瞿,哪里? 这儿是的,这儿了! 用草掏,手扒,水灌,嚯,蹦出来了。顾不得螺螺藤拉了手,扑,追着扑。有时正在外面玩得很好,忽然想起我的蟋蟀还没喂呐,于是赶紧回家。我每吃一个梨,一段藕,吃石榴吃菱,都要分给它一点。正吃着晚饭,我的蟋蟀叫了。我会举着筷子听半天,听完了对父亲笑笑,得意极了。一捉蟋蟀,那就整个园子都得翻个身。我最怕翻出那种软软的鼻涕虫。可是堂弟有的是办法,撒一点盐,立刻它就化成一摊水了。

有的蝉不会叫,我们称之为哑巴。捉到哑巴比捉到"红娘"更坏。但哑巴也有一种玩法。用两个马齿苋的瓣子套起它的眼睛,那是刚刚合适的,仿佛马齿苋的瓣子天生就为了这种用处才长成那么个小口袋样子,一放手,哑巴就一直向上飞,决不偏斜转弯。

蜻蜓一个个选定地方息下,天就快晚了。有一种通身铁色的蜻蜓,翅膀较窄,称"鬼蜻蜓"。看它款款地飞在墙角花荫,不知什么道理,心里有一种说不出来的难过。

好些年看不到土蜂了。这种蠢头蠢脑的家伙,我觉得它也在花朵上把屁股撅来撅去的,有点不配,因此常常愚弄它。土蜂是在泥地上掘洞当作窠的。看它从洞里把个有绒毛的小脑袋钻出来(那神气像个东张西望的近视眼),嗡,飞出去了,我便用一点点湿泥把那个洞封好,在原来的旁边给它重掘一个,等着,一会儿,它拖着肚子回来了,找呀找,找到我掘的那个洞,钻进去,看看,不对,于是在四近大找一气。我会看着它那副急样笑个半天。或者,干脆看它进了洞,用一根树枝塞起来,看它从别处开了洞再出来。好容易,可重见天日了,它老先生于是坐在新大门旁边休息,吹吹风。神情中似乎是生了一点气,因为到这时已一声不响了。

祖母叫我们不要玩螳螂,说是它吃了土谷蛇的脑子,肚里会生出一种铁线蛇,缠到马脚脚就断,什么东西一穿就过去了,穿到皮肉里怎么办?

它的眼睛如金甲虫,飞在花丛里五月的夜。


故乡的鸟呵。

我每天醒在鸟声里。我从梦里就听到鸟叫,直到我醒来。我听得出几种极熟悉的叫声,那是每天都叫的,似乎每天都在那个固定的枝头。

有时一只鸟冒冒失失飞进那个花厅里，于是大家赶紧关门，关窗子，吆喝，拍手，用书扔，竹竿打，甚至把自己的帽子向空中摔去。可怜的东西这一来完全没了主意，只是横冲直撞地乱飞，碰在玻璃上，弄得一身蜘蛛网，最后大概都是从两椽之间的空隙脱走。

　　园子里时时晒米粉，晒灶饭，晒碗儿糕。怕鸟来吃，都放一片红纸。为了这个警告，鸟儿照例就不来，我有时把红纸拿掉让它们大吃一阵，到觉得它们太不知足时，便大喝一声赶去。

　　我为一只鸟哭过一次。那是一只麻雀或是癞花。也不知从什么人处得来的，欢喜得了不得，把父亲不用的细篾笼子挑出一个最好的来给它住，配一个最好的雀碗，在插架上放了一个荸荠，安了两根风藤跳棍，整整忙了一半天。第二天起得格外早，把它挂在紫藤架下。正是花开的时候，我想是那全园最好的地方了。一切弄得妥妥当当后，独自还欣赏了好半天，我上学去了。一放学，急急回来，带着书便去看我的鸟。笼子掉在地下，碎了，雀碗里还有半碗水，"我的鸟，我的鸟呐！"父亲正在给碧桃花接枝，听见我的声音，忙走过来，把笼子拿起来看看，说："你挂得太低了，鸟在大伯的玳瑁猫肚子里了。"哇的一声，我哭了。父亲推着我的头回去，一面说："不害羞，这么大人了。"

　　有一年，园里忽然来了许多夜哇子。这是一种鹭鸶属的鸟，灰白色，据说它们头上那根毛能破天风。所以有那么一种名，大概是因为它的叫声如此吧。故乡古话说这种鸟常带来幸运。我见它们唧唧喳喳做窠了，我去告诉祖母，祖母去看了看，没有说什么话。我想起它们来了，也有一天会像来了一样又去了的。我尽想，从来处来，从去处去，一路走，一路望着祖母的脸。

园里什么花开了，常常是我第一个发现。祖母的佛堂里那个铜瓶里的花常常是我换新。对于这个孝心的报酬是有需掐花供奉时总让我去，父亲一醒来，一股香气透进帐子，知道桂花开了，他常是坐起来，抽支烟，看着花，很深远地想着什么。冬天，下雪的冬天，一早上，家里谁也还没有起来，我常去园里摘一些冰心蜡梅的朵子，再掺着鲜红的天竺果，用花丝穿成几柄，清水养在白磁碟子里放在妈（我的第一个继母）和二伯母妆台上，再去上学。我穿花时，服侍我的女佣人小莲子，常拿着掸帚在旁边看，她头上也常戴着我的花。

我们那里有这么个风俗，谁拿着掐来的花在街上走，是可以抢的，表姐姐们每带了花回去，必是坐车。她们一来，都得上园里看看，有什么花开得正好，有时竟是特地为花来的。掐花的自然又是我。我乐于干这项差事。爬在海棠树上，梅树上，碧桃树上，丁香树上，听她们在下面说："这枝，唉，这枝这枝，再过来一点，弯过去的，喏，唉，对了对了！"冒一点险，用一点力，总给办到。有时我也贡献一点意见，以为某枝已经盛开，不两天就全落在台布上了，某枝花虽不多，样子却好。有时我陪花跟她们一道回去，路上看见有人看过这些花一眼，心里非常高兴。碰到熟人同学，路上也会分一点给她们。

想起绣球花，必连带想起一双白缎子绣花的小拖鞋，这是一个小姑姑房中东西。那时候我们在一处玩，从来只叫名字，不叫姑姑。只有时写字条时如此称呼，而且写到这两个字时心里颇有种近于滑稽的感觉。我轻轻揭开门帘，她自己若是不在,我便看到这两样东西了。太阳照进来,令人明白感觉到花在吸着水,仿佛自己真分享到吸水的快乐。我可以坐在她常坐的椅子上,随便找一本书看看,找一张纸写点什么,或有心无意地画一个枕头花样,把一切再恢复原来的样子不留什么痕迹,又自去了。但她大都能发觉谁来过了。那第二天碰到,必指着手说:"还当我不知道呢。你在我绷子上戳了两针,我要拆下重来了!"那自然是吓人的话。那些绣球花,我差不多看见它们一点一点地开,在我看书做事时,它会无声地落两片在花梨木桌上。绣球花可由人工着色。在瓶里加一点颜色,它便会吸到花瓣里。除了大红的之外,别种颜色看上去都极自然。我们常以骗人说是新得的异种。这只是一种游戏,姑姑房里常供的仍是白的。为什么我把花跟拖鞋画在一起呢?真不可解。——姑姑已经嫁了,听说日子极不如意。绣球快开花了,昆明渐渐暖起来。

花园里旧有一间花房,由一个花匠管理。那个花匠仿佛姓夏。关于他的机灵促狭,和女人方面的恩怨,有些故事常为旧日佣仆谈起。但我只看到他常来要钱,样子十分狼狈,局局促促,躲避人的眼睛,尤其是说他的故事的人。花匠离去后,花房也跟着改造园内房屋而拆掉了。那时我认识花名极少,只记得黄昏时,夹竹桃特别红,我忽然又害怕起来,急急走回去。

我爱逗弄含羞草。触遍所有叶子,看都合起来了,我自低头看我的书,偷眼瞧它一片片地开张了,再猝然又来一下。他们都说这是不好的,有什么不好呢?

荷花像是清明栽种。我们吃吃螺蛳,抹抹柳球,便可看佃户把马粪倒在几口大缸里盘上藕秧,再盖上河泥。我们在泥里找蚬子，小虾，觉得这些东西搬了这么一次家，是非常奇怪有趣的事。缸里泥晒干了，便加点水，一次又一次。有一天，紫红色的小觜子冒出了水面，夏天就来了。赞美第一朵花。荷叶上哗啦哗啦响了，母亲便把雨伞寻出来，小莲子会给我送去。

大雨忽然来了。一个青色的闪照在槐树上，我赶紧跑到柴草房里去。那是距我所在处最近的房屋。我爬上堆近屋顶的芦柴上，听水从高处流下来，响极了，訇——，空心的老桑树倒了，葡萄架塌了，我的四近越来越黑了，雨点在我头上乱跳。忽然一转身，墙角两个碧绿的东西在发光！哦，那是我常看见的老猫。老猫又生了一群小猫了。原来它每次生养都在这里。我看它们攒着吃奶，听着雨，雨慢慢小了。

那棵龙爪槐是我一个人的。我熟悉它的一切好处，知道哪个枝子适合哪种姿势。云从树叶间过去。壁虎在葡萄上爬。杏子熟了。何首乌的藤爬上石笋了，石笋那么黑。蜘蛛网上一只苍蝇。蜘蛛呢？花天牛半天吃了一片叶子，这叶子有点甜么，那么嫩。金雀花那儿好热闹，多少蜜蜂！波——，金鱼吐出一个泡，破了，下午我们去捞金鱼虫。香橼花蒂的黄色仿佛有点忧郁，别的花是飘下，香橼花是掉下的，花落在草叶上，草稍微低头又弹起。大伯母掐了枝珠兰戴上，回去了。大伯母的女儿，堂姐姐看金鱼，看见了自己。石榴花开，玉兰花开，祖母来了："莫掐了，回去看看，瓶里是什么？""我下来了，下来扶您。"

槐树种在土山上，坐在树上可看见隔壁佛院。看不见房子,看到的是关着的那两扇门,关在门外的一片田园。门里是什么岁月呢?钟鼓整日敲,那么悠徐,那么单调,门开时,小尼姑来抱一捆草,打两桶水,随即又关上了。水咚咚地滴回井里。那边有人看我,我忙把书放在眼前。

家里宴客,晚上小方厅和花厅有人吃酒打牌。(我记得有个人吹得极好的笛子。)灯光照到花上、树上,令人极欢喜也十分忧郁。点一个纱灯,从家里到园里,又从园里到家里,我一晚上总不知走了无数趟。有亲戚来去,多是我照路,说哪里高,哪里低,哪里上阶,哪里下坎。若是姑妈舅母,则多是扶着我肩膀走。人影人声都如在梦中。但这样的时候并不多。平日夜晚园子是锁上的。

小时候胆小害怕,黑魆魆的,树影风声,令人却步。而且相信园里有个"白胡子老头子",一个土地花神,晚上会出来,在那个土山后面,花树下,冉冉地转圈子,见人也不避让。

有一年夏天,我已经像个大人了,天气郁闷,心上另外又有一点小事使我睡不着,半夜到园里去。一进门,我就停住了。我看见一个火星。咳嗽一声,招我前去,原来是我的父亲。他也正因为睡不着觉在园中徘徊。他让我抽一支烟(我刚会抽烟),我搬了一张藤椅坐下,我们一直没有说话。那一次,我感觉我跟父亲靠得近极了。

四月二日。月光清极。夜气大凉。似乎该再写一段作为收尾,但又似无须了。便这样吧,日后再说。逝者如斯。

# 我与地坛

◎史铁生

## 一

　　我在好几篇小说中都提到过一座废弃的古园,实际就是地坛。许多年前旅游业还没有开展,园子荒芜冷落得如同一片野地,很少被人记起。

　　地坛离我家很近。或者说我家离地坛很近。总之,只好认为这是缘分。地坛在我出生前四百多年就坐落在那儿了;而自从我的祖母年轻时带着我父亲来到北京,就一直住在离它不远的地方——五十多年间搬过几次家,可搬来搬去总是在它周围,而且是越搬离它越近了。我常觉得这中间有着宿命的味道:仿佛这古园就是为了等我,而历尽沧桑在那儿等待了四百多年。

　　它等待我出生,然后又等待我活到最狂妄的年龄上忽地残废了双腿。四百多年里,它一面剥蚀了古殿檐头浮夸的琉璃,淡褪了门壁上炫耀的朱红,坍圮了一段段高墙又散落了玉砌雕栏,祭坛四周的老柏树愈见苍幽,到处的野草荒藤也都茂盛得自在坦荡。这时候想必我是该来了。十五年前的一个下午,我摇着轮椅进入园中,它为一个失魂落魄的人把一切都准

116

备好了。那时，太阳循着亘古不变的路途正越来越大，也越红。在满园弥漫的沉静光芒中，一个人更容易看到时间，并看见自己的身影。

自从那个下午我无意中进了这园子，就再没长久地离开过它。我一下子就理解了它的意图，正如我在一篇小说中所说的："在人口密聚的城市里，有这样一个宁静的去处，像是上帝的苦心安排。"

两条腿残废后的最初几年，我找不到工作，找不到去路，忽然间几乎什么都找不到了，我就摇了轮椅总是到它那儿去，仅为着那儿是可以逃避一个世界的另一个世界。我在那篇小说中写道："没处可去我便一天到晚耗在这园子里。跟上班下班一样，别人去上班我就摇了轮椅到这儿来。""园子无人看管，上下班时间有些抄近路的人们从园中穿过，园子里活跃一阵，过后便沉寂下来。""园墙在金晃晃的空气中斜切下一溜阴凉，我把轮椅开进去，把椅背放倒，坐着或是躺着，看书或者想事，撅一权树枝左右拍打，驱赶那些和我一样不明白为什么要来这世上的小昆虫。""蜂儿如一朵小雾稳稳地停在半空；蚂蚁摇头晃脑捋着触须，猛然间想透了什么，转身疾行而去；瓢虫爬得不耐烦了，累了，祈祷一回便支开翅膀，忽悠一下升空了；树干上留着一只蝉蜕，寂寞如一间空屋，露水在草叶上滚动，聚集，压弯了草叶轰然坠地摔开万道金光。""满园子都是草木竞相生长弄出的响动，片刻不息。"这都是真实的记录，园子荒芜但并不衰败。

除去几座殿堂我无法进去，除去那座祭坛我不能上去而只能从各个角度张望它，地坛的每一棵树下我都去过，差不多它的每一米草地上都有过我的车轮印。无论是什么季节，什么天气,什么时间,我都在这园子里待过。有时候待一会儿就回家,有时候就待到满地上都亮起月光。记不清都是在它的哪些角落里了,我一连几小时专心致志地想关于死的事,也以同样的耐心和方式想过我为什么要出生。这样想了好几年,最后事情终于弄明白了:一个人,出生了,这就不再是一个可以辩论的问题,而只是上帝交给他的一个事实;上帝在交给我们这件事实的时候,已经顺便保证了它的结果,所以死是一件不必急于求成的事,死是一个必然会降临的节日。这样想过之后我安心多了,眼前的一切不再那么可怕。比如你起早熬夜准备考试的时候,忽然想起有一个长长的假期在前面等待你,你会不会觉得轻松一点? 并且庆幸感激这样的安排?

剩下的就是怎样活的问题了。这却不是在某一个瞬间就能完全想透的,不是能够一次性解决的事,怕是活多久就要想它多久了,就像是伴你终生的魔鬼或恋人。所以,十五年了,我还是总得到那古园里去,去它的老树下或荒草边或颓墙旁,去默坐,去呆想,去推开耳边的嘈杂理一理纷乱的思绪,去窥看自己的心魂。十五年中,这古园的形体被不能理解它的人肆意雕琢,幸好有些东西是任谁也不能改变它的。譬如祭坛石门中的落日,寂静的光辉平铺的一刻,地上的每一个坎坷都被映照得灿烂;譬如在园中最为落寞的时间,一群雨燕便出来高歌,把天地都叫喊得苍凉;譬如冬天雪地上孩子的脚印,总让人猜想他们是谁,曾在那儿做过些什么,然后又都到哪儿去了;譬如那些苍黑的古柏,你忧郁的时候它们镇静地站在那儿,你欣喜的时候它们依然镇静地站在那儿,它们没日没夜地站在那儿从你没有出生一直站到这个世界上又没了你的时候;譬如暴雨骤临园中,激起一阵阵灼烈而清纯的草木和泥土的气味,让人想起无数个夏天的事件;譬如秋风忽至,再有一场早霜,落叶或飘摇歌舞或坦然安卧,满园中播散着熨帖而微苦的味道。味道是最说不清楚的,味道不能写只能闻,要你身临其境去闻才能明了。味道甚至是难于记忆的,只有你又闻到它你才能记起它的全部情感和意蕴。所以我常常要到那园子里去。

## 二

现在我才想到,当年我总是独自跑到地坛去,曾经给母亲出了一个怎样的难题。

她不是那种光会疼爱儿子而不懂得理解儿子的母亲。她知道我心里的苦闷,知道不该阻止我出去走走,知道我要是老待在家里结果会更糟,但她又担心我一个人在那荒僻的园子里整天都想些什么。我那时脾气坏到极点,经常是发了疯一样地离开家,从那园子里回来又中了魔似的什么话都不说。母亲知道有些事不宜问,便犹犹豫豫地想问而终于不敢问,因为她自己心里也没有答案。她料想我不会愿意她跟我一同去,所以她从未这样要求过,她知道得给我一点独处的时间,得有这样一段过程。她只是不知道这过程得要多久,和这过程的尽头究竟是什么。每次我要动身时,她便无言地帮我准备,帮助我上了轮椅车,看着我摇车拐出小院,这以后她会怎样,当年我不曾想过。

有一回我摇车出了小院,想起一件什么事又返身回来,看见母亲仍站在原地,还是送我走时的姿势,望着我拐出小院去的那处墙角,对我的回来竟一时没有反应。待她再次送我出门的时候,她说:"出去活动活动,去地坛看看书,我说这挺好。"许多年以后我才渐渐听出,母亲这话实际是自我安慰,是暗自的祷告,是给我的提示,是恳求与嘱咐。只是在她猝然去世之后,我才有余暇设想,当我不在家里的那些漫长的时间,她是怎样心神不定坐卧难宁,兼着痛苦与惊恐与一个母亲最低限度的祈求。现在我可以断定,以她的聪慧和坚忍,在那些空落的白天后的黑夜,在那些不眠的黑夜后的白天,她思来想去最后准是对自己说:"反正我不能不让他出去,未来的日子是他自己的,如果他真的要在那园子里出什么事,这苦难也只好我来承担。"在那段日子里——那是好几年长的一段日子啊,我想我一定使母亲做过了最坏的准备了,但她从来没有对我说过"你为我想想"。事实上我也真的没为她想过。那时她的儿子还太年轻,还来不及为母亲想,他被命运击昏了头,一心以为自己是世上最不幸的一个,不知道儿子的不幸在母亲那儿总是要加倍的。她有一个长到二十岁上忽然截瘫了的儿子,这是她唯一的儿子;她情愿截瘫的是自己而不是儿子,可这事无法代替。她想,只要儿子能活下去哪怕自己去死也行,可她又确信一个人不能仅仅是活着,儿子得有一条路走向自己的幸福,而这条路呢,没有谁能保证她的儿子终于能找到。——这样一个母亲,注定是活得最苦的母亲。

有一次与一个作家朋友聊天,我问他学写作的最初动机是什么?他想了一会说:"为我母亲。为了让她骄傲。"我心里一惊,良久无言。回想自己最初写小说的动机,虽不似这位朋友的那般单纯,但如他一样的愿望我也有,且一经细想,发现这愿望也在全部动机中占了很大比重。这位朋友说:"我的动机太低俗了吧?"我光是摇头,心想低俗并不见得低俗,只怕是这愿望过于天真了。他又说:"我那时真就是想出名,出了名让别人羡慕我母亲。"我想,他比我坦率。我想,他又比我幸福,因为他的母亲还活着。而且我想,他的母亲也比我的母亲运气好,他的母亲没有一个双腿残废的儿子,否则事情就不这么简单。

在我的头一篇小说发表的时候,在我的小说第一次获奖的那些日子里,我真是多么希望我的母亲还活着。我便又不能在家里待了,又整天整天独自跑到地坛去,心里是没头没尾的沉郁和哀怨,走遍整个园子却怎么也想不通:母亲为什么就不能再多活两年? 为什么在她的儿子就快要碰撞开一条路的时候,她却忽然熬不住了? 莫非她来此世上只是为了替儿子担忧,却不该分享我的一点点快乐? 她匆匆离我去时才只有四十九岁呀! 有那么一会,我甚至对世界对上帝充满了仇恨和厌恶。后来我在一篇题为《合欢树》的文章中写道:"我坐在小公园安静的树林里,闭上眼睛,想,上帝为什么早早地召母亲回去呢? 很久很久,迷迷糊糊的我听见了回答:'她心里太苦了,上帝看她受不住了,就召她回去。'我似乎得了一点安慰,睁开眼睛,看见风正从树林里穿过。"小公园,指的也是地坛。

只是到了这时候,纷纭的往事才在我眼前幻现得清晰,母亲的苦难与伟大才在我心中渗透得深彻。上帝的考虑,也许是对的。

摇着轮椅在园中慢慢走,又是雾罩的清晨,又是骄阳高悬的白昼,我只想着一件事:母亲已经不在了。在老柏树旁停下,在草地上在颓墙边停下,又是处处虫鸣的午后,又是鸟儿归巢的傍晚,我心里只默念着一句话:可是母亲已经不在了。

把椅背放倒,躺下,似睡非睡挨到日没,坐起来,心神恍惚,呆呆地直坐到古祭坛上落满黑暗然后再渐渐浮起月光,心里才有点明白:母亲不能再来这园中找我了。

曾有过好多回,我在这园子里待得太久了,母亲就来找我。她来找我又不想让我发觉,只要见我还好好地在这园子里,她就悄悄转身回去;我看见过几次她的背影。我也看见过几回她四处张望的情景,她视力不好,端着眼镜像在寻找海上的一条船;她没看见我时我已经看见她了,待我看见她也看见我了我就不去看她,过一会我再抬头看她就又看见她缓缓离去的背影。我单是无法知道有多少回她没有找到我。有一回我坐在矮树丛中,树丛很密,我看见她没有找到我,她一个人在园子里走,走过我的身旁,走过我经常待的一些地方,步履茫然又急迫。我不知道她已经找了多久还要找多久,我不知道为什么我决意不喊她——但这绝不是小时候的捉迷藏,这也许是出于长大了的男孩子的倔强或羞涩?但这倔强只留给我痛悔,丝毫也没有骄傲。我真想告诫所有长大了的男孩子,千万不要跟母亲来这套倔强,羞涩就更不必,我已经懂了可我已经来不及了。

儿子想使母亲骄傲,这心情毕竟是太真实了,以致使"想出名"这一声名狼藉的念头也多少改变了一点形象。这是个复杂的问题,且不去管它了罢。随着小说获奖的激动逐日暗淡,我开始相信,至少有一点我是想错了:我用纸笔在报刊上碰撞开的一条路,并不就是母亲盼望我找到的那条路。年年月月我都到这园子里来,年年月月我都要想,母亲盼望我找到的那条路到底是什么。母亲生前没给我留下过什么隽永的哲言,或要我恪守的教诲,只是在她去世之后,她艰难的命运,坚忍的意志和毫不张扬的爱,随光阴流转,在我的印象中愈加鲜明深刻。

有一年,十月的风又翻动起安详的落叶,我在园中读书,听见两个散步的老人说:"没想到这园子有这么大。"我放下书,想,这么大一座园子,要在其中找到她的儿子,母亲走过了多少焦灼的路。多年来我头一次意识到,这园中不单是处处都有过我的车辙,有过我的车辙的地方也都有过母亲的脚印。

三

如果以一天中的时间来对应四季,当然春天是早晨,夏天是中午,秋天是黄昏,冬天是夜晚。如果以乐器来对应四季,我想春天应该是小号,夏天是定音鼓,秋天是大提琴,冬天是圆号和长笛。要以这园子里的声响来对应四季呢?那么,春天是祭坛上空漂浮着的鸽子的哨音,夏天是冗长的蝉歌和杨树叶子哗啦啦地对蝉歌的取笑,秋天是古殿檐头的风铃响,冬天是啄木鸟随意而空旷的啄木声。以园中的景物对应四季,春天是一径时而苍白时而黑润的小路,时而明朗时而阴晦的天上摇荡着串串杨花;夏天是一条条耀眼而灼人的石凳,或阴凉而爬满了青苔的石阶,阶下有果皮,阶上有半张被坐皱的报纸;秋天是一座青铜的大钟,在园子的西北角上曾丢弃着一座很大的铜钟,铜钟与这园子一般年纪,浑身挂满绿锈,文字已不清晰;冬天,是林中空地上几只羽毛蓬松的老麻雀。以心绪对应四季呢?春天是卧病的季节,否则人们不易发觉春天的残忍与渴望;夏天,情人们应该在这个季节里失恋,不然就似乎对不起爱情;秋天是从外面买一棵盆花回家的时候,把花搁在阔别了的家中，并且打开窗户把阳光也放进屋里，慢慢回忆慢慢整理一些发过霉的东西；冬天伴着火炉和书，一遍遍坚定不死的决心，写一些并不发出的信。还可以用艺术形式对应四季，这样春天就是一幅画，夏天是一部长篇小说，秋天是一首短歌或诗，冬天是一群雕塑。以梦呢？以梦对应四季呢？春天是树尖上的呼喊，夏天是呼喊中的细雨，秋天是细雨中的土地，冬天是干净的土地上一只孤零的烟斗。

因为这园子，我常感恩于自己的命运。

我甚至现在就能清楚地看见，一旦有一天我不得不长久地离开它，我会怎样想念它，我会怎样想念它并且梦见它，我会怎样因为不敢想念它而梦也梦不到它。

## 四

现在让我想想，十五年中坚持到这园子来的人都有谁呢？好像只剩了我和一对老人。

十五年前，这对老人还只能算是中年夫妇，我则货真价实还是个青年。他们总在薄暮时分来园中散步，我不大弄得清他们是从哪边的园门进来，一般来说他们是逆时针绕这园子走。男人个子很高，肩宽腿长，走起路来目不斜视，胯以上直至脖颈挺直不动；他的妻子攀了他一条胳膊走，也不能使他的上身稍有松懈。女人个子却矮，也不算漂亮，我无端地相信她必出身于家道中衰的名门富族；她攀在丈夫胳膊上像个娇弱的孩子，她向四周观望似总含着恐惧，她轻声与丈夫谈话，见有人走近就立刻怯怯地收住话头。我有时因为他们而想起冉阿让与柯赛特，但这想法并不巩固，他们一望即知是老夫老妻。两个人的穿着都算得上考究，但由于时代的演进，他们的服饰又可以称为古朴了。他们和我一样，到这园子里来几乎是风雨无阻，不过他们比我守时。我什么时间都可能来，他们则一定是在暮色初临的时候。刮风时他们穿了米色风衣，下雨时他们打了黑色的雨伞，夏天他们的衬衫是白色的裤子是黑色的或米色的，冬天他们的呢子大衣又都是黑色的，想必他们只喜欢这三种颜色。他们逆时针绕这园子一周，然后离去。他们走过我身旁时只有男人的脚步响，女人像是贴在高大的丈夫身上跟着漂移。我相信他们一定对我有印象，但是我们没有说过话，我们互相都没有想要接近的表示。十五年中，他们或许注意到一个小伙子进入了中年，我则看着一对令人羡慕的中年情侣不觉中成了两个老人。

曾有过一个热爱唱歌的小伙子，他也是每天都到这园中来，来唱歌，唱了好多年，后来不见了。他的年纪与我相仿，他多半是早晨来，唱半小时或整整唱一个上午，估计在另外的时间里他还得上班。我们经常在祭坛东侧的小路上相遇，我知道他是到东南角的高墙下去唱歌，他一定猜想我去东北角的树林里做什么。我找到我的地方，抽几口烟，便听见他谨慎地整理歌喉了。他反反复复唱那么几首歌。"文化革命"没过去的时候，他唱"蓝蓝的天上白云飘，白云下面马儿跑……"我老也记不住这歌的名字。"文革"后，他唱《货郎与小姐》中那首最为流传的咏叹调。"卖布——卖布嘞，卖布——卖布嘞！"我记得这开头的一句他唱得很有声势，在早晨清澈的空气中，货郎跑遍园中的每一个角落去恭维小姐。"我交了好运气，我交了好运气，我为幸福唱歌曲……"然后他就一遍一遍地唱，不让货郎的激情稍减。依我听来，他的技术不算精到，在关键的地方常出差错,但他的嗓子是相当不错的,而且唱一个上午也听不出一点疲惫。太阳也不疲惫,把大树的影子缩小成一团,把疏忽大意的蚯蚓晒干在小路上。将近中午,我们又在祭坛东侧相遇,他看一看我,我看一看他,他往北去,我往南去。日子久了,我感到我们都有结识的愿望,但似乎都不知如何开口,于是互相注视一下终又都移开目光擦身而过,这样的次数一多,便更不知如何开口了。终于有一天——一个丝毫没有特点的日子,我们互相点了一下头。他说:"你好。"我说:"你好。"他说:"回去啦?"我说:"是,你呢?"他说:"我也该回去了。"我们都放慢脚步(其实我是放慢车速),想再多说几句,但仍然是不知从何说起,这样我们就都走过了对方,又都扭转身子面向对方。他说:"那就再见吧。"我说:"好,再见。"便互相笑笑各走各的路了。但是我们没有再见,那以后,园中再没了他的歌声,我才想到,那天他或许是有意与我道别的,也许他考上哪家专业的文工团或歌舞团了吧?真希望他如他歌里所唱的那样,交了好运气。

还有一些人,我还能想起一些常到这园子里来的人。有一个老头,算得一个真正的饮者;他在腰间挂一个扁瓷瓶,瓶里当然装满了酒,常来这园中消磨午后的时光。他在园中四处游逛,如果你不注意你会以为园中有好几个这样的老头,等你看过了他卓尔不群的饮酒情状,你就会相信这是个独一无二的老头。他的衣着过分随便,走路的姿态也不慎重,走上五六十米路便选定一处地方,一只脚踏在石凳上或土埂上或树墩上,解下腰间的酒瓶,解酒瓶的当儿眯起眼睛把一百八十度视角内的景物细细看一遭,然后以迅雷不及掩耳之势倒一大口酒入肚,把酒瓶摇一摇再挂向腰间,平心静气地想一会什么,便走下一个五六十米去。还有一个捕鸟的汉子,那岁月园中人少,鸟却多,他在西北角的树丛中拉一张网,鸟撞在上面,羽毛饯在网眼里便不能自拔。他单等一种过去很多而现在非常罕见的鸟,其他的鸟撞在网上他就把它们摘下来放掉,他说已经有好多年没等到那种罕见的鸟了,他说他再等一年看看到底还有没有那种鸟,结果他又等了好多年。早晨和傍晚,在这园子里可以看见一个中年女工程师,早晨她从北向南穿过这园子去上班,傍晚她从南向北穿过这园子回家。事实上我并不了解她的职业或者学历,但我以为她必是个学理工的知识分子,别样的人很难有她那般的素朴并优雅。当她在园中穿行的时刻,四周的树林也仿佛更加幽静,清淡的日光中竟似有悠远的琴声,比如说是那曲《献给艾丽丝》才好。我没有见过她的丈夫,没有见过那个幸运的男人是什么样子,我想象过却想象不出,后来忽然懂了想象不出才好,那个男人最好不要出现。她走出北门回家去,我竟有点担心,担心她会落入厨房,不过,也许她在厨房里劳作的情景更有另外的美吧,当然不能再是《献给艾丽丝》,是个什么曲子呢? 还有一个人,是我的朋友,他是个最有天赋的长跑家,但他被埋没了。他因为在"文革"中出言不慎而坐了几年牢,出来后好不容易找了个拉板车的工作,样样待遇都不能与别人平等,苦闷极了便练习长跑。那时他总来这园子里跑,我用手表为他计时,他每跑一圈向我招一下手,我就记下一个时间。每次他要环绕这园子跑二十圈,大约两万米。他盼望以他的长跑成绩来获得政治上真正的解放,他以为记者的镜头和文字可以帮他做到这一点。第一年他在春节环城赛上跑了第十五名,他看见前十名的照片都挂在了长安街的新闻橱窗里,于是有了信心。第二年他跑了第四名,可是新闻橱窗里只挂了前三名的照片,他没灰心。第三年他跑了第七名,橱窗里挂前六名的照片,他有点怨自己。第四年他跑了第三名,橱窗里却只挂了第一名的照片。第五年他跑了第一名——他几乎绝望了,橱窗里只有一幅环城赛群众场面的照片。那些年我们俩常一起在这园子里待到天黑,开怀痛骂,骂完沉默着回家,分手时再互相叮嘱:先别去死,再试着活一活看。现在他已经不跑了,年岁太大了,跑不了那么快了。最后一次参加环城赛,他以三十八岁之龄又得了第一名并且破了纪录,有一位专业队的教练对他说:"我要是十年前发现你就好了。"他苦笑一下什么也没说,只在傍晚又来这园中找到我,把这事平静地向我叙说一遍。不见他已有好几年了,现在他和妻子和儿子住在很远的地方。

这些人现在都不到园子里来了,园子里差不多完全换了一批新人。十五年前的旧人,现在就剩我和那对老夫老妻了。有那么一段时间,这老夫老妻中的一个也忽然不来,薄暮时分唯男人独自来散步,步态也明显迟缓了许多,我悬心了很久,怕是那女人出了什么事。幸好过了一个冬天那女人又来了,两个人仍是逆时针绕着园子走,一长一短两个身影恰似钟表的两支指针;女人的头发白了很多,但依旧攀着丈夫的胳膊走得像个孩子。"攀"这个字用得不恰当了,或许可以用"搀"吧,不知有没有兼具这两个意思的字。

五

我也没有忘记一个孩子——一个漂亮而不幸的小姑娘。十五年前的那个下午,我第一次到这园子里来就看见了她,那时她大约三岁,蹲在斋宫西边的小路上捡树上掉落的"小灯笼"。那儿有几棵大栾树,春天开一簇簇细小而稠密的黄花,花落了便结出无数如同三片叶子合抱的小灯笼,小灯笼先是绿色,继而转白,再变黄,成熟了掉落得满地都是。小灯笼精巧得令人爱惜,成年人也不免捡了一个还要捡一个。小姑娘咿咿呀呀地跟自己说着话,一边捡小灯笼。她的嗓音很好,不是她那个年龄所常有的那般尖细,而是很圆润甚或是厚重,也许是因为那个下午园子里太安静了。我奇怪这么小的孩子怎么一个人跑来这园子里。我问她住在哪儿,她随手指一下,就喊她的哥哥,沿墙根一带的茂草之中便站起一个七八岁的男孩,朝我望望,看我不像坏人便对他的妹妹说"我在这儿呢",又伏下身去;他在捉什么虫子。他捉到螳螂,蚂蚱,知了和蜻蜓,来取悦他的妹妹。有那么两三年,我经常在那几棵大栾树下见到他们,兄妹俩总是在一起玩,玩得和睦融洽,都渐渐长大了些。之后有很多年没见到他们。我想他们都在学校里吧,小姑娘也到了上学的年龄,必是告别了孩提时光,没有很多机会来这儿玩了。这事很正常,没理由太搁在心上,若不是有一年我又在园中见到他们,肯定就会慢慢把他们忘记。

那是个礼拜日的上午。那是个晴朗而令人心碎的上午,时隔多年,我竟发现那个漂亮的小姑娘原来是个弱智的孩子。我摇着车到那几棵大栾树下去,恰又是遍地落满了小灯笼的季节。当时我正为一篇小说的结尾所苦,既不知为什么要给它那样一个结尾,又不知何以忽然不想让它有那样一个结尾,于是从家里跑出来,想依靠着园中的镇静,看看是否应该把那篇小说放弃。我刚刚把车停下,就见前面不远处有几个人在戏耍一个少女,做出怪样子来吓她,又喊又笑地追逐她拦截

园

她,少女在几棵大树间惊惶地东跑西躲,却不松手放开揪卷在怀里的裙裾,两条腿袒露着也似毫无察觉。我看出少女的智力是有些缺陷,却还没看出她是谁。我正要驱车上前为少女解围,就见远处飞快地骑车来了个小伙子,于是那几个戏耍少女的家伙望风而逃。小伙子把自行车支在少女近旁,怒目望着那几个四散逃窜的家伙,一声不吭喘着粗气,脸色如暴雨前的天空一样一会比一会苍白。这时我认出了他们,小伙子和少女就是当年那对小兄妹。我几乎是在心里惊叫了一声,或者是哀号。世上的事常常使上帝的居心变得可疑。小伙子向他的妹妹走去。少女松开了手,裙裾随之垂落下来,很多很多她捡的小灯笼便洒落一地,铺散在她脚下。她仍然算得漂亮,但双眸迟滞没有光彩。她呆呆地望着那群跑散的家伙,望着极目之处的空寂,凭她的智力绝不可能把这个世界想明白吧?大树下,破碎的阳光星星点点,风把遍地的小灯笼吹得滚动,仿佛暗哑地响着的无数小铃铛。哥哥把妹妹扶上自行车后座,带着她无言地回家去了。

无言是对的。要是上帝把漂亮和弱智这两样东西都给了这个小姑娘,就只有无言和回家去是对的。

谁又能把这世界想个明白呢?世上的很多事是不堪说的。你可以抱怨上帝何以要降诸多苦难给这人间,你也可以为消灭种种苦难而奋斗,并为此享有崇高与骄傲,但只要你再多想一步你就会坠入深深的迷茫了:假如世界上没有了苦难,世界还能够存在么?要是没有愚钝,机智还有什么光荣呢?要是没了丑陋,漂亮又怎么维系自己的幸运?要是没有了恶劣和卑下,善良与高尚又将如何界定自己如何成为美德呢?要是没有了残疾,健全会否因其司空见惯而变得腻烦和乏味呢？我常梦想着在人间彻底消灭残疾，但可以相信，那时将由患病者代替残疾人去承担同样的苦难。如果能够把疾病也全数消灭，那么这份苦难又将由(比如说)相貌丑陋的人去承担了。就算我们连丑陋，连愚昧和卑鄙和一切我们所不喜欢的事物和行为，也都可以统统消灭掉，所有的人都一样健康、漂亮、聪慧、高尚，结果会怎样呢？怕是人间的剧目就全要收场了，一个失去差别的世界将是一条死水，是一块没有感觉也没有肥力的沙漠。

看来差别永远是要有的。看来就只好接受苦难——人类的全部剧目需要它，存在的本身需要它。看来上帝又一次对了。

于是就有一个最令人绝望的结论等在这里：由谁去充任那些苦难的角色？又由谁去体现这世间的幸福，骄傲和欢乐？只好听凭偶然，是没有道理好讲的。

就命运而言，休论公道。

那么，一切不幸命运的救赎之路在哪里呢？

设若智慧或悟性可以引领我们去找到救赎之路，难道所有的人都能够获得这样的智慧和悟性吗？

我常以为是丑女造就了美人。我常以为是愚氓举出了智者。我常以为是懦夫衬照了英雄。我常以为是众生度化了佛祖。


## 六


设若有一位园神，他一定早已注意到了，这么多年我在这园里坐着，有时候是轻松快乐的，有时候是沉郁苦闷的，有时

候优哉游哉,有时候惶恐落寞,有时候平静而且自信,有时候
又软弱,又迷茫。其实总共只有三个问题交替着来骚扰我,来
陪伴我。第一个是要不要去死,第二个是为什么活,第三个,
我干吗要写作?

现在让我看看,它们迄今都是怎样编织在一起的吧。

你说,你看穿了死是一件无需乎着急去做的事,是一件无
论怎样耽搁也不会错过的事,便决定活下去试试? 是的,至少
这是很关键的因素。为什么要活下去试试呢? 好像仅仅是因
为不甘心,机会难得,不试白不试,腿反正是完了,一切仿佛都
要完了,但死神很守信用,试一试不会额外再有什么损失。说
不定倒有额外的好处呢是不是? 我说过,这一来我轻松多了,
自由多了。为什么要写作呢? "作家"是两个被人看重的字,
这谁都知道。为了让那个躲在园子深处坐轮椅的人,有朝一
日在别人眼里也稍微有点光彩,在众人眼里也能有个位置,哪
怕那时再去死呢也就多少说得过去了。开始的时候就是这样
想,这不用保密。这些现在不用保密了。

我带着本子和笔,到园中找一个最不为人打扰的角落,偷
偷地写。那个爱唱歌的小伙子在不远的地方一直唱。要是有
人走过来,我就把本子合上把笔叼在嘴里。我怕写不成反落
得尴尬。我很要面子。可是你写成了,而且发表了。人家说
我写得还不坏,他们甚至说:真没想到你写得这么好。我心说
你们没想到的事还多着呢。我确实有整整一宿高兴得没合
眼。我很想让那个唱歌的小伙子知道,因为他的歌也毕竟是
唱得不错。我告诉我的长跑家朋友的时候,那个中年女工程
师正优雅地在园中穿行。长跑家很激动,他说好吧,我玩命
跑,你玩命写。这一来你中了魔了,整天都在想哪一件事可以

写,哪一个人可以让你写成小说。是中了魔了,我走到哪儿想
到哪儿,在人山人海里只寻找小说,要是有一种小说试剂就好
了,见人就滴两滴看他是不是一篇小说,要是有一种小说显影
液就好了,把它泼满全世界看看都是哪儿有小说,中了魔了,
那时我完全是为了写作活着。结果你又发表了几篇,并且出
了一点小名,可这时你越来越感到恐慌。我忽然觉得自己活
得像个人质,刚刚有点像个人了却又过了头,像个人质,被一
个什么阴谋抓了来当人质,不定哪天就被处决,不定哪天就完
蛋。你担心要不了多久你就会文思枯竭,那样你就又完了。
凭什么我总能写出小说来呢?凭什么那些适合作小说的生活
素材就总能送到一个截瘫者跟前来呢?人家满世界跑都有枯
竭的危险,而我坐在这园子里凭什么可以一篇接一篇地写呢?
你又想到死了。我想见好就收吧。当一名人质实在是太累了
太紧张了,太朝不保夕了。我为写作而活下来,要是写作到底
不是我应该干的事,我想我再活下去是不是太冒傻气了。你
这么想着你却还在绞尽脑汁地想写。我好歹又拧出点水来,
从一条快要晒干的毛巾上。恐慌日甚一日,随时可能完蛋的
感觉比完蛋本身可怕多了,所谓不怕贼偷就怕贼惦记,我想人
不如死了好,不如不出生的好,不如压根儿没有这个世界的
好。可你并没有去死。我又想到那是一件不必着急的事。可
是不必着急的事并不证明是一件必要拖延的事呀?你总是决
定活下来,这说明什么?是的,我还是想活。人为什么活着?
因为人想活着,说到底是这么回事,人真正的名字叫作:欲望。
可我不怕死,有时候我真的不怕死。有时候,——说对了。不
怕死和想去死是两回事,有时候不怕死的人是有的,一生下来
就不怕死的人是没有的。我有时候倒是怕活。可是怕活不等

于不想活呀？可我为什么还想活呢？因为你还想得到点什么，你觉得你还是可以得到点什么的，比如说爱情，比如说价值感之类，人真正的名字叫欲望。这不对吗？我不该得到点什么吗？没说不该。可我为什么活得恐慌，就像个人质？后来你明白了，你明白你错了，活着不是为了写作，而写作是为了活着。你明白了这一点是在一个挺滑稽的时刻。那天你又说你不如死了好，你的一个朋友劝你：你不能死，你还得写呢，还有好多好作品等着你去写呢。这时候你忽然明白了，你说：只是因为我活着，我才不得不写作。或者说只是因为你还想活下去，你才不得不写作。是的，这样说过之后我竟然不那么恐慌了。就像你看穿了死之后所得的那份轻松？一个人质报复一场阴谋的最有效的办法是把自己杀死。我看出我得先把我杀死在市场上，那样我就不用参加抢购题材的风潮了。你还写吗？还写。你真的不得不写吗？人都忍不住要为生存找一些牢靠的理由。你不担心你会枯竭了？我不知道，不过我想，活着的问题在死之前是完不了的。

这下好了，您不再恐慌了不再是个人质了，您自由了。算了吧你，我怎么可能自由呢？别忘了人真正的名字是：欲望。所以您得知道，消灭恐慌的最有效的办法就是消灭欲望。可是我还知道，消灭人性的最有效的办法也是消灭欲望。那么，是消灭欲望同时也消灭恐慌呢？还是保留欲望同时也保留人性？

我在这园子里坐着，我听见园神告诉我：每一个有激情的演员都难免是一个人质。每一个懂得欣赏的观众都巧妙地粉碎了一场阴谋。每一个乏味的演员都是因为他老以为这戏剧与自己无关。每一个倒霉的观众都是因为他总是坐得离舞台太近了。

我在这园子里坐着,园神成年累月地对我说:孩子,这不是别的,这是你的罪孽和福祉。

<br>

# 七

要是有些事我没说,地坛,你别以为是我忘了,我什么也没忘,但是有些事只适合收藏。不能说,也不能想,却又不能忘。它们不能变成语言,它们无法变成语言,一旦变成语言就不再是它们了。它们是一片朦胧的温馨与寂寥,是一片成熟的希望与绝望,它们的领地只有两处:心与坟墓。比如说邮票,有些是用于寄信的,有些仅仅是为了收藏。

如今我摇着车在这园子里慢慢走,常常有一种感觉,觉得我一个人跑出来已经玩得太久了。有一天我整理我的旧相册,看见一张十几年前我在这园子里照的照片——那个年轻人坐在轮椅上,背后是一棵老柏树,再远处就是那座古祭坛。我便到园子里去找那棵树。我按着照片上的背景找很快就找到了它,按着照片上它枝干的形状找,肯定那就是它。但是它已经死了,而且在它身上缠绕着一条碗口粗的藤萝。我当然记得园工们种那棵藤萝时的情景,我却不记得是在什么时候它已经长到了碗口粗。有一天我在这园子里碰见一个老太太,她说:"哟,你还在这儿哪?"她问我:"你母亲还好吗?""您是谁?""你不记得我,我可记得你。有一回你母亲来这儿找你,她问我您看没看见一个摇轮椅的孩子……"我忽然觉得,我一个人跑到这世界上来玩真是玩得太久了。有一天夜晚,我独自坐在祭坛边的路灯下看书,忽然从那漆黑的祭坛里传出一阵阵唢呐声。四周都是参天古树,方形的祭坛占地几百平方米空旷坦荡独对苍天,我看不见那个吹唢呐的人,唯唢呐声在星光寥寥的夜空里低吟高唱,时而悲怆时而欢快,时而缠绵时而苍凉,或许这几个词都不足以形容它,我清清醒醒地听出它响在过去,响在现在,响在未来,回旋飘转亘古不散。

必有一天,我会听见喊我回去。

那时您可以想象一个孩子,他玩累了可他还没玩够呢,心里好些新奇的念头甚至等不及到明天。也可以想象是一个老人,无可置疑地走向他的安息地,走得任劳任怨。还可以想象一对热恋中的情人,互相一次次说"我一刻也不想离开你",又互相一次次说"时间已经不早了",时间不早了可我一刻也不想离开你,一刻也不想离开你可时间毕竟是不早了。

我说不好我想不想回去。我说不好是想还是不想,还是无所谓。我说不好我是像那个孩子,还是像那个老人,还是像一个热恋中的情人。很可能是这样:我同时是他们三个。我来的时候是个孩子,他有那么多孩子气的念头所以才哭着喊着闹着要来,他一来一见到这个世界便立刻成了不要命的情人,而对一个情人来说,不管多么漫长的时光也是稍纵即逝,那时他便明白,每一步每一步,其实一步步都是走在回去的路上。当牵牛花初开的时节,葬礼的号角就已吹响。

但是太阳,它每时每刻都是夕阳也都是旭日。当它熄灭着走下山去收尽苍凉残照之际,正是它在另一面燃烧着爬上山巅布散烈烈朝晖之时。有一天,我也将沉静着走下山去,扶着我的拐杖。那一天,在某一处山洼里,势必会跑上来一个欢蹦的孩子,抱着他的玩具。

当然,那不是我。

但是,那不是我吗?

宇宙以其不息的欲望将一个歌舞炼为永恒。这欲望有怎样一个人间的姓名,大可忽略不计。

写于 1989 年 5 月 5 日

修改于 1990 年 1 月 7 日

园

# 霞落燕园

◎宗璞

　　北京大学各住宅区，都有个好听的名字。朗润、蔚秀、镜春、畅春，无不引起满眼芳菲和意致疏远的联想。而燕南园只是个地理方位，说明在燕园南端而已。这个住宅区很小，共有十六栋房屋，约一半在五十年代初已分隔供两家居住，"文革"前这里住户约二十家。六十三号校长住宅自马寅初先生因过早提出人口问题而迁走后，很长时间都空着。西北角的小楼则是党委统战部办公室，据说还是冰心前辈举行"第一次宴会"的地方。有一个游戏场，设秋千、跷板、沙坑等物。不过那时这里的子女辈多已是青年，忙着工作和改造，很少有闲情逸致来游戏。

　　每栋房屋照原来设计各有特点，如五十六号遍植樱花，春来如雪。周培源先生在此居住多年，我曾戏称之为周家花园，以与樱桃沟争胜。五十四号有大树桃花，从楼上倚窗而望，几乎可以伸手攀折，不过桃花映照的不是红颜，而是白发。六十一号的藤萝架依房屋形势搭成斜坡，紫色的花朵逐渐高起，直上楼台。随着时光流逝，各种花木减了许多。藤萝架已毁，桃树已斫，樱花也稀落多了。这几年万物复苏，有余力的人家都注意绿化，种些植物，却总是不时被修理下水道、铺设暖气管等工程毁去。施工的沟成年累月不填，各种器械也成年累月堆放,高高低低,颇有些惊险意味。

这只不过是最表面的变化。迁来这里已是第三十四个春天了。三十四年,可以是一个人的一辈子,做出辉煌事业的一辈子。三十四年,婴儿已过而立,中年重逢花甲。老人则不得不撒手另换世界了。燕南园里,几乎每一栋房屋都经历了丧事。

最先离去的是汤用彤先生。我们是紧邻。六四年的一天,他和我的父亲同往《人民日报》开会批判胡适先生,回来车到家门,他忽然说这是到了哪里,找不到自己的家。那便是中风先兆了。不久逝世。记得曾见一介兄从后角门进来,臂上挂着一根手杖。我当时想,汤先生再也用不着它了。以后在院中散步,眼前常浮现老人矮胖的身材,团团的笑脸。那时觉得死亡真是不可思议的事。

"文化大革命"初始,一张大字报杀害了物理系饶毓泰先生,他在五十一号住处投缳身亡。数年后翦伯赞夫妇同时自尽,在六十四号。他们是"文革"中奉命搬进燕南园的。那时自杀的事时有所闻,记得还看过一个消息,题目是刹住自杀风,心里着实觉得惨。不过夫妇能同心走此绝路,一生到最后还有一同赴死的知己,人世间仿佛还有一点温馨。

七七年我自己的母亲去世后,死亡不再是遥远的了,而是重重地压在心上,却又让人觉得空落落,难以填补。虽然对死亡已渐熟悉,后来得知魏建功先生在一次手术中意外地去世时,还很惊诧。魏家迁进那座曾经空了许久的六十三号院,是在七十年代初,但那时它已是个大杂院了。魏太太王碧书曾和我的母亲说起,魏先生对她说过,解放以来经过多少次运动,想着这回可能不会有什么大错了,不想更错!当时两位老太太不胜慨叹的情景，宛在目前。

六十五号哲学系郑昕先生，后迁来的东语系马坚先生和抱病多年的老住户历史系齐思和先生俱以疾终。八二年父亲和我从美国回来不久，我的弟弟去世，在悲苦忙乱之余忽然得知五十二号黄子卿先生也去世了。黄先生除是化学家外，擅长旧体诗，有唐人韵味。老一代专家的修养，实非后辈所能企及。

女植物学家吴素萱先生原在北大，后调植物所工作，一直没有搬家。七十年代末期我进城开会，常与她同路。她每天六点半到公共汽车站，非常准时。我常把校园里的植物向她请教，她都认真回答，一点不以门外汉的愚蠢为可笑。她病逝后约半年，《人民日报》刊登了一张她在看显微镜的照片。当时传为奇谈。不过我想，这倒是这些先生们总的写照。九泉之下，所想的也是那点学问。

冯定同志是老干部，和先生们不同。在五十五号住了几十年，受批判也有几十年了。他有句名言："无错不当检讨的英雄。"不管这是针对谁的，我认为这是一句好话，一句有骨气的话。如果我们党内能有坚持原则不随声附和的空气，党风民风何至于此！听说一个小偷到他家破窗而入行窃，翻了半天才发现有人坐在屋中，连忙仓皇逃走，冯定对他说："下回请你从门里进来。"这位老同志在久病备受折磨之后去世了。到他为止，燕南园向人世告别的"户主"已有十人。

但上天还需要学者。一九八六年五月六日，朱光潜先生与世长辞。

朱家在"文革"后期从燕东园迁来，与人合住了原统战部小楼。那时燕南园已约有八十余户人家。兴建了一座公厕，可谓"文革"中的新生事物,现在又经翻修,成为园中最显眼的建筑。朱家也曾一度享用它。据朱太太奚今吾说,雨雪时先由家人扫出小路,老人再打着伞出来。令人庆幸的是北京晴天多。以后大家生活渐趋安定,便常见一位瘦小老人在校园中活动,早上举着手杖小跑,下午在体育馆前后慢走。我以为老先生们大都像我父亲一样,耳目失其聪明,未必认得我,不料他还记得,还知道些我的近况,不免暗自惭愧。

我没有上过朱先生的课,来往也不多。一九六〇年十月我调往《世界文学》编辑部,评论方面任务之一是发表古典文艺理论。我们组到的第一篇稿子是朱先生摘译的莱辛名著《拉奥孔:论画和诗的界限》,原书十六万字,朱先生摘译了两万多字,发表在六〇年十二月《世界文学》上。记得朱先生在译后记中论及莱辛提出的为什么拉奥孔在雕刻里不哀号,在诗里却哀号的问题。他用了化美为媚的说法。并曾对我说用"媚"字译 charming 最合适。媚是流动的,不是静止的;不只有外貌的形状,还有内心的精神。"回头一笑百媚生",那"生"字多么好!我一直记得这话。六一年下半年他又为我们选译了一组文艺复兴时代意大利文艺理论,都极精彩。两次译文的译后记都不长,可是都不只有材料上的帮助,且有见地。朱先生曾把文学批评分为四类,以导师自居、以法官自命、重考据和重在自己感受的印象派批评。他主张后者。这种批评不掉书袋,却需要极高的欣赏水平,需要洞见。我看现在《读书》杂志上有些文章颇有此意。

也不记得为什么,有一次追随许多老先生到香山,一个办事人自言自语:"这么多文曲星!"我便接着想,用满天云锦形容是否合适,满天云锦是由一片片霞彩组成的。不过那时只顾欣赏山的颜色,没有多注意人的活动。在玉华山庄一带观赏之余,我说我还从未上过"鬼见愁"呢,很想爬一爬。朱先生正坐在路边石头上,忽然说,他也想爬上"鬼见愁"。那年他该是近七十了,步履仍很矫健。当时因时间关系,不能走开,还说以后再来。香山红叶的霞彩变换了二十多回,我始终没有一偿登"鬼见愁"的夙愿,也许以后真会去一次,只是永不能陪同朱先生一起登临了。

"文革"后期政协有时放电影,大家同车前往。记得一次演了一部大概名为《万紫千红》的纪录片,有些民间歌舞。回来时朱先生很高兴,说:"这是中国的艺术,很美!"他说话的神气那样天真。他对生活充满了浓厚的感情和活泼泼的兴趣,也只有如此情浓的人,才能在生活里发现美,才有资格谈论美。正如他早年一篇讲人生艺术化的文章所说,文章忌俗滥,生活也忌俗滥。如季札挂剑夷齐采薇这种严肃的态度,是道德的也是艺术的。艺术的生活又是情趣丰富的生活。要在生活中寻求趣味,不能只与蝇蛆争温饱。记得他曾与他的学生澳籍学者陈兆华去看莎士比亚的一个剧,回来要不到出租车。陈兆华为此不平,曾投书《人民日报》。老先生潇洒地认为,看到了莎剧怎样辛苦也值得。

朱先生从给青年的十二封信开始,便和青年人保持着联系。我们这一批青年人已变为中年而接近老年了,我想他还有真正的青年朋友。这是毕生从事教育的老先生之福。就朱先生来说,其中必有奚先生内助之功,因为这需要精力、时间。他们曾要我把新出的书带到澳洲给陈兆华,带到社科院外文所给他的得意门生朱虹。他的学生们也都对他怀着深厚的感情。朱虹现在还怪我得知朱先生病危竟不给她打电话。

然而生活的重心、兴趣的焦点都集中在工作上，时刻想着的都是各自的那点学问，这似乎是老先生们的共性。他们紧紧抓住不多了的时间，拼命吐出自己的丝，而且不断要使这丝更亮更美。有人送来一本澳大利亚人写的美学书，托我请朱先生看看值得译否。我知道老先生们的时间何等宝贵，实不忍打扰，又不好从我这儿驳回，便拿书去试一试。不料他很感兴趣，连声让放下，他愿意看。看看人家有怎样的说法，看看是否对我国美学界有益。据说康有为曾有议论，他的学问在二十九岁时已臻成熟，以后不再求改。有的老先生寿开九秩，学问仍和六十年前一样，不趋时尚固然难得，然而六十年不再吸收新东西，这六十年又有何用？朱先生不是这样。他总在寻求，总在吸收，有执著也有变化。而在执著与变化之间，自有分寸。

　　老先生们常住医院，我在省视老父时如有哪位在，便去看望。一次朱先生恰住隔壁，推门进去时，见他正拿着稿子卧读。我说："不准看了。拿着也累，看也累！"便取过稿子放在桌上。他笑着接受了管制。若是自己家人，他大概要发脾气的。这是他生命中最重要的事啊。他要用力吐他的丝，用力把他那片霞彩照亮些。

　　奚先生说，朱先生一年前患脑血栓后脾气很不好。他常以为房间中哪一处放着他的稿子，但实际没有，便烦恼得不得了。在香港大学授予他荣誉学位那天，他忽然不肯出席，要一个人待着，好容易才劝得去了。一位一生寻求美、研究美、以美为生的学者在老和病的障碍中的痛苦是别人难以想象的。——他现在再没有寻求的不安和遗失的烦恼了。

　　文成待发，又传来王力先生仙逝的消息。与王家在昆明龙头村便曾是邻居,燕南园中对门而居也已三十年了。三十年风风雨雨,也不过一眨眼的工夫。父亲九十大寿时,王先生和王太太夏蔚霞曾来祝贺,他们还去向朱先生告别,怎么就忽然一病不起!王先生一生无党无派,遗命夫妇合葬,墓碑上要刻他八〇年写的赠内诗。中有句云:"七省奔波逃犷狁,一灯如豆伴凄凉。""今日桑榆晚景好,共祈百岁老鸳鸯。"可见其固守纯真之情,不予纷扰。各家老人转往万安公墓相候的渐多,我简直不敢往下想了。只有祷念龙虫并雕斋主人安息。

十六栋房屋已有十二户主人离开了。这条路上的行人是不会断的。他们都是一缕光辉的霞彩,又组成了绚烂的大片云锦,照耀过又消失,像万物消长一样。霞彩天天消去,但是次日还会生出。在东方,也在西方,还在青年学子的双颊上。

1986 年 5 月

# 燕园的黄昏

◎吴泰昌

　　记不清从何年月起,我养成了一个不好的习惯。即便是白天,阳光满照的白天,我一回家,一走进零乱不堪的书房,一伏在杂乱的书桌前,就习惯地扭开了台灯。二十五瓦的灯泡就散发出昏黄的光圈,将我的身影笼罩在这昏黄的一片里。我喜爱在昏暗的光线下,看书、看校样、听音乐、抽烟沉思。我总感觉,这昏暗能给我带来什么,心绪宁静时能使我渐渐变得不宁静乃至微微地骚动,心绪烦躁时能使我渐渐宁静下来乃至忘掉了这昏黄。我说不清也不想去剖析这种心态。反正它给我带来了难求的益处。当我在苦苦地思考问题,或专心写作时,一个不愉快的电话破坏了情绪,在这昏黄的光照下,抽一支烟,听一支曲,即刻能将这突如其来的不快驱散。这些年,我的许多文章就是就着昏黄的灯光写下的。

　　我的视力并不好。决不是我的视力太好而适应了这昏黄微弱的灯光。大学毕业体检,就有二百度的近视,大夫劝我配眼镜,叮嘱我夜读时务必戴上。当时没有钱,也顾不上爱惜自己的身体。至今也没有戴上眼镜。那是近三十年前的事,现在年岁大了,据说轻度的近视能自然变化成不近视。我在中学几年,晚上都是就着菜油灯复习功课做作业的,光线昏暗微弱,看书很吃力,眼睛发胀。怪不得那时,我常喜欢面对着冉冉升起的一轮红日,面对着中午的烈日骄阳,好补充储存些光线。

　　我第一次踏进燕园,被千百张老同学那亲切微笑的面容激动得忘了时辰。我被领到暂作宿舍的小饭厅中一张上铺,将行李稍稍安顿后,就有人来招呼我去大饭厅吃晚饭了。我去窗口端了一碟炸带鱼。我的家乡是鱼米之乡,几乎天天吃鱼,可海鱼我却是头一次吃。我先用筷子挟着吃,后来见到别的同学用手拿着吃,我也学着这种吃法。从乡下进京城,从一所县里的中学,来到这所被称为最高学府的名牌大学,一切都感到陌生新奇。记得临上火车时,班主任张老师一再关照我:到了那里,时时小心,多向老同学请教。我见到许多老同学将菜盖在饭上,一边吃,一边在饭厅周围橱窗看报,我也跟着走了过去。所不同的是,我一时还不善于边走边吃,边看报边吃。我只管看报,这个橱窗到那个橱窗,这张报到那张报。待想到碗里的饭和一块块焦黄的带鱼时,饭也凉了,鱼块也凉了。我感到有点冷。黄昏来临,秋意袭来。

　　我被一位高班同学带到未名湖畔。幽静的小道,秀丽的景色使我忘却了三天三夜旅途的辛劳。临湖轩一带一团团一簇簇的翠竹在微微地晃动,这一团团一簇簇模糊的黑影在神秘地引逗着我。有人去湖边散步,也有人急匆匆地行走,老同学告诉我,这些匆忙的人是去图书馆占位子。我抬头望去,在树丛的近处远处,星散似的大屋顶的建筑里灯亮了,昏黄的点点。一个黑影迎面迟缓地移动,接近时,我才辨出是一位老人,瘦小的老人,手里拎着一个书袋。待老人慢慢远去后,老同学说他是哲学系的一位名教授。似乎看出我不解为何这么晚他才回家,同学忙解释说,田教授也常跑图书馆,他准是下午去查资料，弄到现在才发现该回家吃晚饭了。我好奇地回头去看他，他已消失在黑阴之中，昏黄的路灯孤独地高悬着。

我熟悉了燕园的生活。八九年丰富而又单调的生活给我留下了无尽的记忆。记忆不都是愉快的，有些是不值得记忆的。但上千个黄昏急匆匆忙着去文史楼抢占座位那股认真劲和荡在心头的那点充实感却是我至今乐于重温的。

也许大自然黄昏的光线和阅览室昏黄的灯光浸漫了我最好的年华，在一个连接一个和谐的光圈里我吮尝到了人生的酸甜苦辣。

一九五七年燕园的不平静是世人皆知的。我们二十人的一个班，就有好几位遭难。一天我去阅览室前，到未名湖去走走，正巧遇上他。我和他平日是要好的，他不久要去农场改造了。我们默默地走着，好在周围昏暗一片，我看不清他的表情，他也看不清我的表情。我胆怯地没有对他多说几句宽慰的话，只劝他注意身体，提醒他多配一副眼镜带去。虽然我不知道他要去的农场在哪里，我猜想劳改农场一定是在风沙弥漫的处所，他高度近视眼，万一眼镜坏了，临时配不方便，摸着回住处多困难。他点点头什么都没说就分手了。依然是昏暗的灯光，我伏案看书，觉得灯光昏暗得实在看不下去。那天是个星期日。星期天有时和在京的家乡同学相约外出聚会，每次很晚回到学校，总有点莫名其妙的惆怅。事后多年，每当回想起他戴着一副高度近视眼镜在确是风沙弥漫的荒野，惆怅感更重了。

在授业的老师中，我和吴组湘教授的接近是最自然的。他也是安徽人，就凭这点，我主动请求他做我学年论文的辅导教师，他建议我研究一下艾芜的小说。我多次踏着黄昏走进他的四合院。学生晚饭早，我几次遇上他正在吃晚饭。起先他叫我在书房稍等，给我一小杯清茶。他很快吃完饭过来和我谈话。后来熟了，他叫我坐在饭桌边，他一边吃，一边和我谈。师母是很热情好客的，每次都问我吃过饭没有。有回吴先生递给我一双筷子，叫我尝尝家乡名菜——霉干菜烧肉，我夹了满濡酱油的又肥又瘦的一大块，确实美味可口。我想起书房里那盏昏暗的台灯在亮着，老师的夜间工作要开始了，突然起身就走。"文革"后期，听说吴先生仍在接受审查。有天也是该吃晚饭的时候，我去看他。书房的门被封了，我绕进他的卧室，冷冷清清。是该亮灯的时候了，主人还没开灯。我站在门口，满屋全是书橱，书堆，突然有人从书橱后面发出声音："谁?"我听出是他，忙叫吴先生，我是泰昌。灯亮了，见他一脸倦容。他低声问我怎么来了，同军宣队打过招呼没有。我摇摇头。我坐了一会儿，他什么也没说，又告诉我师母病了。他催我快走，自己小心。他说连茶也没顾上倒。我走出大门，回头见他探着身子在送我。

我迷恋燕园的黄昏，有次竟闹出个笑话。我跟研究生时期的导师杨晦教授几年，快毕业时，我忽然想起该和老师留张影作纪念。我好不容易借到一架苏联出产的老式相机，主人告诉我里面还有两张黑白胶卷。晚饭后，我拉着一位曾在校刊合作过的同学去燕东园，杨先生正在屋前花丛里散步，他听说我是来照相的，他笑着说:光线暗了，又没有闪光灯，不行。我说:试试看吧! 他坐在藤椅上，我站在旁边，周围全是鲜花。虽然用了最大的光圈，冲出来仍是黑糊一片。这张照片我六九年下干校时丢失了。模糊中显现出来的老师亲切的笑容我还记忆清晰。

离开母校二十多年了。其间少不了回去,办完事就走。大约五年前,朱光潜老师请我为他编本集子。晚饭后他每天去未名湖一带散步,他叫我同行。我们走到湖边,落日的余晖尚未退尽,他一路在谈正在翻译的维柯的《新科学》。他望着未名塔笑着说:这里景色很美,可以入画,不过有时你感觉到这种意境,有时你感觉不到这种意境。我知道朱先生近来的心情很好,他借景抒情,又在发挥他的美学理论了。

我盼望有机会常在燕园度过黄昏。看来很难如意。前些天我在燕园围墙外的一家饭店开会住了半个月,也没有找到这个机会。然而我毕竟已习惯于在昏暗的灯光下遐想,在悠思中重温那燕园黄昏留给我的一切……

1988 年 2 月

园

# 废园

◎徐迟

　　我徘徊在我家乡的一处废园里。我徘徊在我童年的时日里。我徘徊在我一生的记忆中。我在这座废园中徘徊复徘徊。

　　我的家乡在浙江省吴兴县的南浔镇，这是一个生产原料生丝的巨富之镇。从镇志上看，明清两代镇上出过三个阁老，两个相国；在蒋家王朝里，还出过一个国民政府的代主席。真不少个大官僚、大地主、官僚地主以及民族工业资产阶级。我的家乡是中国资本主义原始积累之地，萌芽、苗叶、开花之地，拥有最早几代的中国无产阶级——湖丝阿姐。正是她们的，被滚烫的缫丝的水泡得皮开肉裂的手指，使得我的家乡，江南小镇成为由手工业工场发展到丝厂的巨富之镇，成为中国民主主义革命的物质基础，既喂肥了肥头大耳的阁老、相国、代主席和官僚地主资产阶级，也哺育了民族资产阶级及其知识界的人士，包括若干无产阶级的先烈及革命家，建设家。

　　我在这样一座废园中徘徊，千思万绪兜上心来。这个镇上曾有过多少园林，在镇志上均有记载，它们早已不存在了，一点痕迹也没有留下。园林的主人们是绝对想不到园林是人间最难以保存的事物之一。

　　在我的童年时日里，我们镇上还有四个很大的花园。较小的就很多了，不能计算在内。其中一座是叫作张家花园的，是那个曾任国民政府代主席张静江家的花园。这一次查看资料才知道它原名绕绿山庄。和它连在一起，只有一墙之隔，但在墙上构筑了许多窗子，装饰着精美图案，可以互相眺望的，是叫作庞家花园的，一个民族资本家、著名的藏画家庞莱臣的花园，原名宜园。我家住在绕绿山庄大围墙之外，是贴近它的邻居，我小时候可以从它的后门进园去捉蟋蟀、放风筝。从前门是进不去的，走后门也只能是主人不在镇上居住时；主人在上海、纽约和巴黎都有房子，看守后门的人因为是近邻关系，放我进去游玩，只有一次，主人在家，不知怎的也放我进去了。于是我难得窥见了那种大富之家的豪华生活。一些公子哥儿们正在园中一块草地上打网球，球场边上放着藤椅，桌上放着饮料，主仆男女，成群结队，莺声呖呖，燕舞翩翩，颇有《红楼梦》大观园里的风光，就是增加了一只网球场，比乾隆时代又洋得多了。

庞家的宜园当时是半开放状态。可以从庞家的账房弄到游览券，凭券进去游览。园中有一个鹤圃，豢养着许多仙鹤，也有一座猴子山，有一些金丝猴，这都是在外园里的。从外园进入内园，有一座四面厅，里面可以品茗喝茶。四面厅正面是一只大湖，满是莲花。沿湖走去，就到绕绿山庄隔墙相望的长堤，堤尽头是一个九曲桥，过桥是湖心亭。当我是一个大学生的时候，每年夏天放假回来，总要和同乡的其他大学生前去，因为熟了，不消游览券，便可入园喝茶聊天，度过炎热的夏季。在我的记忆中，宜园比绕绿山庄风景更好些。

但另外一家也叫张家花园的，又名适园，是后来在中央文物局工作，鉴定书画的专家张葱玉家里的花园，建筑得比宜园还要精美。宜园有一些假山,假山上有一排精舍,但山不高,适园的假山特别高,上山的路径很曲折,要盘旋而上,全用太湖石垒成。一道清泉从高处流下来,沿着太湖石砌成的蜿蜒沟渠流过。有的地方很险要,架起了一座桥,从桥上正好看到一条瀑布飞溅而下。清泉从何而来呢?在山底下的背阴地方有一石室,其中放了一台水泵和发电机,一开动便可抽水上山,让清泉从山顶流下来。这也和网球场一样,是南浔花园里的洋玩意儿,在别处则哪里也没见到过的。适园里有许多亭台楼阁,绕着一个并不很大的湖有两座临水的精美楼台。相去不远,可以互相眺望,就成为年轻男女初次相亲的场所。这相亲指的是两人从未见过面,经媒人约定时间,在这里初次见面之意,而不是别的。

1937 年 11 月,淞沪撤退之后,从金山卫登陆的敌军冲进小镇。有人说是敌人纵火,也有人说,在敌人尚未侵入之前,而国军已经遁去之后,有一个真空时期,土匪流氓乘机抢劫,抢过之后就放了一把火,所以敌军倒是来灭火的。当时火光烛天,烧掉七千间房屋。三大花园,整个儿都烧掉了。园林的主人们绝对想不到园林是最难以保存的。繁华的小镇,就成了一片瓦砾场。战后我回家乡,也曾到几个园中去凭吊,绕绿山庄和宜园一火烧光,什么也没有留下,除了一株紫薇树,一道长堤,一个空荡荡的荒芜小岛。适园中的假山没有烧掉,在那里我仿佛进入了桂林山水,只见到石磊磊兮葛蔓蔓的景象,自己便仿佛成了山鬼。这些珍贵的假山建筑以及玲珑剔透的太湖石,一直还保存着,直到林彪要修行宫,就有人来到镇上收买,用了许多船将它们运走。这次我回乡一看,太湖石假山也完全消失了。适园已荡然无存,只剩有一只石宝塔,因有十米高,体积庞大,无法迁动。还有一块很大的太湖石,据说有一个"照美女镜"之称,形似一个美女在照镜的模样,也有人说是一个美女在照月的,也是奇大无比,无法盗卖。但已被推倒在地,显然也已毁损。虽然还在,却已经没有什么价值,只是顽石一块罢了,难以补天了。

而像鲁殿灵光巍然独在的是刘家花园,又名小莲庄。这刘家就像宁国府、荣国府似的贾家一样,在南浔南栅华家弄外盖了一处刘氏家庙。在家庙里还有一个家塾。家庙的这边是小莲庄,那边就是著名的嘉业堂藏书楼。主人叫作刘翰怡,又叫刘承幹,爱书如命,也很博学,所藏宋元版本,都是极珍贵的文物。这三座建筑物形成一个体系,是中国建筑学上的一个杰出的作品,发挥了中国古代建筑的传统,又结合了钢筋混凝土的西方建筑的新工艺。在抗战之初,大火覆盖全镇之时,因为四边空旷,得免于难。敌军到达之后,在刘氏家庙中发现了一块用宣统皇帝(即溥仪)名义赐赏下来的金地大匾额,就下令保护。而嘉业堂藏书楼曾受到鲁迅先生的微词赞扬。当解放大军和平解放南浔的当天,周恩来同志曾给进军江南的九兵团领导一份专电,要求注意保护这个藏书楼。陈毅司令员曾下令派出一个连队驻防在它周围。这样藏书楼至今还是保存得完好如初,连十年浩劫,也因卓有功勋的保管员的想方设法而幸存下来。

但是小莲庄的命运就不如刘氏家庙和藏书楼了,刘氏家庙和家塾现在是卫生学校的校址,由于建筑物本身结构坚固,又加上学校的使用和及时的修缮,里外清洁卫生,巨大的香樟树下又种植了许多草药,依然是很好的建筑。嘉业堂藏书楼里,只有一座五曲桥栏杆有所损坏,未曾修复,此外的园林、竹木、花卉,池中莲花,池畔太湖石都和原先情况相若。它现在是浙江省图书馆的书库,最近定为省一级的文物保护单位。

小莲庄却有了较大的损伤。这园子没有适园好,但不亚于宜园。外园是一个大湖,绕湖有多种亭台楼阁,并有一幢法国式的洋楼靠着湖滨。许多亭台已经倾圮,只留下一个个水上的空空的基础。最主要的建筑物是一幢五开间的木结构的楼房,据说是用黄杨木造起的。这五楼五底的中间有一楼一底是楼中之楼,最是精美,是主人到来时居住的楼房,现在已经完全消失,无影无踪了。九曲桥还在,已没有了栏杆。原来用围墙隔开外园、内园的墙圈也没有了。内园的一座假山还在,只是一眼望去,已经一览无余了。外园和内园现在已合并在一起,内外无别。但就是这座假山,使废园增添了光辉。

江南园林虽多,苏州园林虽然著称,以太湖石假山的布置和经营而论,小莲庄的这座假山却是极优美的精品之一。它没有适园的假山高,也没有抽水机的设备,但环山三重的道路,盘旋曲折,越攀登越幽静,而所用的太湖石,越往上越巉岩。也有一桥,在两崖间飞跨,也有泉瀑,在桥下飞迸,但得在雨中游览才能看到。至于丹枫冷杉,青松翠柏,既茂郁,又不阻挡视线。最有特色的是它的建筑艺术家将若干太湖石紧贴在高大的围墙上,像浮雕一样。还有所有的山脚都千姿百态地插入河水之中,尤其玲珑,使各座山由嶙峋的山石托起,有如从水中升起一样。当初它由四面围墙包裹,显得更加幽深,现在袒露在外,可以从远处看到近处,可以看到它从总体到每一个细部都各具特色。

然而,这总是一座被抛弃在四野之中的废园了。现在,没有一个园丁照顾它,杂草和树木都是疯长的。名叫小莲庄,可是只有寥落的少数几张荷叶，少数几朵红莲，寂寞地浮在水上，开放在水上，很难闻到那股清香了。一个水阁成了卫生学校的图书阅览室，洋楼成了宿舍，当然使用它比不使用它好，不住人的房屋更容易坏，可是这个废园还是缺少了专职管理它的人，这个废园还是缺少一个光明的远景。如果这样下去，这废园将日益衰落下去，假山会坍塌，树木会枯萎。园林的主人们，今天的人民，还不会想到，也没有想到园林是人间最难以保存的事物之一。

我徘徊在我家乡的这座废园里。我很难理解为什么我们对这样精美的园林无动于衷，可以听任其衰落、荒废，而听之任之，不知道可惜。三十年却使这样精美的园林变成了一座没有专人负责的废园。当初适园也是一座废园，不知是谁个经手卖出，不知是谁个经手买进，把江南园林中最高级的一座假山买进卖出，如今一点痕迹也不留下，只剩下一石塔、一顽石。这座小莲庄的命运又将如何？

现在我已经离开了我的家乡，我的心却还在这座废园中，徘徊复徘徊。我们如何能忍心将这样美好的园林，任其荒芜下去？如果这样，我们的面前，还有什么美好的未来？这园林是优秀的建筑师、园林艺术家的作品，也是湖丝阿姐的双手生产的原料生丝织制而成的锦绣湖山，本是劳动人民的艺术精品，我们如何能忍心任其荒芜下去？闻说省里的文物机构研究藏书楼的问题时，研究到保管不保管小莲庄的时候，就忍心不管小莲庄。希望他们重新研究一次。可怜文物凋零如此，江南毕竟是文物之邦！

# 托尔斯泰庄园

◎叶兆言

去托尔斯泰庄园不是太方便。有些中国文化人在莫斯科待了很长时间，一直没机会去托尔斯泰庄园。我们花二百美元租了一辆面包车，天气很热，俄罗斯的汽车只考虑防寒，玻璃厚而且密封，真把人热得够呛。距离二百多公里，一路暴晒，想到是去晋谒托尔斯泰，受些罪也值得。

我这个年龄的人，一听到庄园，小时候受过的阶级教育，就会作怪。受传统思想的影响，庄园主似乎都不应该是个东西，譬如四川的刘文彩，记得当年看"收租院"群像雕塑，对剥削阶级咬牙切齿。托尔斯泰庄园据说有三百多平方公里，看着成片的白桦林，看着一眼望不到尽头的林间小路，看着岸边长满绿色植物的碧清水潭，看着保存完好的马厩，看着照片上托尔斯泰曾经使用过的农具，看着他曾经伏案工作过的书桌，联想到他的作品，我的思绪一下子变得很乱，很惘然。

为什么提到托尔斯泰便会肃然起敬。首先因为他创造的文学形象感染了我们，教育了几代人。托尔斯泰不仅是俄罗斯人的骄傲，也是整个人类的骄傲。多想想托尔斯泰，有利于我们重新审视作家这个行当。诺贝尔文学奖没有颁给托尔斯泰，这是一件很丢人的事。托尔斯泰的伟大毋庸置疑，他老人家本来可以免费为诺贝尔文学奖做广告，起码有十次这样的机会,但是评奖委员会始终走了眼,结果后来没有得奖的优秀作家,一想到托尔斯泰再也不会生气。

托尔斯泰的意义,还在于他把写作当作一种个人的修行活动。众所周知,托尔斯泰年轻时是一个浪荡子,与《复活》中的聂赫留朵夫相比,有过之,无不及。他用自己的行为证明,写作既是为了拯救人类,为了教育人民,也是为了拯救自己,教育本人。说托尔斯泰作品对世界发展没有影响不对,夸大这种影响也不对。文学只对那些接触作品的读者才有意义。

在这远离了莫斯科,差不多是无边无际的私人庄园,在这墙砌得异常厚实笨重,到处留着宽大烟道的故居,托尔斯泰完成了一系列重要的作品。他想通过作品使世界得到完善,而事实上,只是完善了自己。过去的八十多年,人类并没有因为有了托尔斯泰,就避免了两次世界大战的杀戮。时至今日,愚昧,落后,贪婪,不平等,所有这些在托尔斯泰看来不应该的东西,依然存在,依然生气勃勃。托尔斯泰只不过是以作家的方式,喊出了"不"的声音,这声音是人类不屈精神的一部分。

园

# 果园的食客

◎沉樱

　　这是在果园中辟地而建的小屋,因为不忍把多年老树乱加砍伐,所以四面墙脚都紧靠着树根。初春房子落成,树一发芽抽枝,清荫立刻密密笼罩,有些低垂的枝叶甚至伸到檐下来。记得有人说过"屋易盖,树难栽"。现在新屋有老树,实在是非常难得而可喜的。

　　果园在向西的山坡。夏天到来,太阳西晒的威力渐渐强大,照说是很可怕的,但实际上怎样也晒不到树下的房子,仅仅从叶子缝里漏下些光点,撒满一地金圆,配上到处葱茏的绿,形成一派金碧辉煌,小屋因而更加沾光。古人曾有"芭蕉分绿上窗纱"的诗句,现在分绿给这小屋的,除了芭蕉之外,还有月桂、老柚、木瓜、莲雾和相思树、番石榴等,小屋更绿得有诗意了。

　　小屋隔三分之一为卧室兼书房。向南的窗下放床,向西的窗下放书桌。躺在床上仰望窗口的大柚树,浓荫如伞,恍如置身树下。柚子开花时,一阵风过,看见落花像雨点般打下来,常不由得要闪躲,忘了自己是在室内。现在柚子已结,有大柑橘那么大了,却还是碧绿的,同叶子一个颜色。最有趣的是它们都藏在茂密的叶底,在外面简直看不见柚子在那里,而我躺在床上,却一抬眼便看得清清楚楚。看着它们一天天长大，绿油油地发着光，着实可爱，很想把玩一下——如果不是隔着窗纱，只要在床上站起来，就伸手可触了。不过，现在这样单独由我窥探，也别有一种秘密乐趣，因为无论是什么，能见别人所不能见，就觉颇足自豪似的。

靠书桌的窗口，是从树隙观赏落日的好地方，最初怕有西晒，又在窗下种了两棵豆子，现在已经爬上窗口，那些结实的豆子，比那些袖子更近地呈现在眼前。有一天，偶一抬头，看见有条毛虫在吞食豆子，心里很急，却无法伸手去捉，忽然想起喷射的杀蚊剂，赶快拿来隔着纱窗对准一喷，立刻便看见那条毛虫蜷曲了又蜷曲，终于掉到地下去了。想不到这又成了捉虫的好地方。毛虫多半是从树上落下来的，这窗口上空是相思树和番石榴交织成的天棚，时常有毛虫垂丝而下，吊在半空中飘来荡去地寻找附着物，隔窗望见，唯恐它落到花上去吃花苞，总忍不住要跑出屋去，把那丝扯断，将虫摔到地上踩死。这都是使我坐在书桌而时时分心的事，除此之外，还有那些在窗外树上乱跳乱叫的鸟，也很使人耳根不得清静。

人实在是奇怪的动物，总是习惯了这个又不习惯那个的。说起来，谁都向往乡间的幽静，但事实上，我住进这里的第一晚，竟发现乡间也有噪音，几乎通夜无眠。因为在闹市临街的楼上住了将近十年，习惯了在汽车声中酣睡，忽然换成风声、树声和虫声，竟不时惊悸，睡不沉了。尤其是天还未亮，鸟又像小孩子般起来吵闹不已。

这里的鸟特别多，初听分不清种类，只是一片嘈杂，吵得人几乎受不了。经过几个月的絮聒，现在已能辨出画眉、竹鸡、白头翁和猫头鹰……几种不同的叫声，有了亲切之感。至于那躲得远远的鹧鸪和总在眼前的麻雀，虽是早就熟悉的，最近也有了更深的了解。这些鸟可说从早到晚都在窗外树上飞鸣,虽然我们之间尚未建立友谊,不敢高攀这些枝头好友,但由于举目可见,却已成了它们生活的无心窥探者。不仅认识了它们的声音体貌,还看到它们怎样呼朋引类,怎样顾盼觅食,以及怎样拌嘴吵架。鸟声也正像人语一样复杂,难怪古人把鸟鸣又称鸟语,使它在所有动物中享受一种殊荣。还有,懂鸟语的人,中外都有传说,想来也不是无稽之谈,只是现代人什么都研究,为什么竟没人研究鸟语呢?录音机的发明应该在这方面也派上用场才是。为什么我们总停留在把鸟语当歌声来欣赏的阶段呢?

我说来此之后,对于本来熟悉的鹧鸪和麻雀也有了更深的了解,这是因为过去只觉得鹧鸪慢悠悠地叫着咕咕,仿佛在沉思默想地自言自语,现在才听出是和另一个更远较弱的同类声音在呼应,越叫越高,高到相当程度。它会忽然从竹林里蹿出,寻声远飞而去。它的样子很像鸽子,乡下一般人都叫它野鸽子,它在黄昏时候叫得最起劲,飞出林子往往是这时分。看了这些黄昏的野鸽子,才深切体味到野鸽子的黄昏是什么情调。再说那些最平凡的麻雀,一向认为它们只会唧唧喳喳,现在也听出了久雨时那种没精打采的叫声和初晴时那种欢天喜地的叫声多么不同,并且还知道了它们争吵时多么会反唇相讥地对骂。

有人说早晨的鸟声,使人听了神清气爽,这话一点不错,过去我最爱把收音机扭开,听"早晨的公园"节目中的鸟声。现在和果园的鸟声一比,却觉得我应该好好录下音来,赠送给那节目的制作人。到这里来住是为了环境空气和花草树木,想不到还有这意外的享受。这使我感谢不尽地常向园主朋友提起，称赞不已，然而他却像一点不感兴趣，听我说多了，才笑了笑告诉我："这都是来吃果子的。"我于是恍然大悟，原来这是一群果园的食客，无怪小孩常摘了有鸟啄痕迹的果子，说鸟吃过的最甜。它们不但是食客，而且是精于品尝的美食家，现在正在等着葡萄的成熟吧？

　　我很得意这个为它们起的名字"果园的食客"，可是得意之余，又不禁好笑，因为忽然想到自己也正是食客之一。往年总是吃朋友装箱寄赠的水果，今年搬来这里，我曾说可以坐食了。虽然不好意思大吃那主要出产品的葡萄，像木瓜、香蕉、番石榴……是数量不足批售的副产品，常常是自熟自落，满地都是，总可让我大享采摘之乐了。这种不劳而获的享受，也许应该觉得惭愧的，可是霍桑在《古屋杂忆》中曾说："像我这样一个人，久居闹市，忽然来到古屋这个僻静的地方，没想到自己未动手种植过的树上，竟长满了随手可摘的果子。"我对宗教的看法也许不合正统，但我总觉伊甸园里的果子吃来想也不过如此。"面包是亲手赚来的才好吃"，这句格言虽已有五千年历史了，但我顶欣赏的还是天赐的美食。这样看来，我的欣赏也大可不必矫情不安了。我就此要像鸟一样地做这果园的食客，但比它们更贪心，我还想把吃不完的莲雾、芭乐之类榨成果汁，带到城里送朋友，让他们也记起点山谷的清凉，哪天也来此作一次不必搭帐篷的露营。这榨果汁的主意也是从书上学来的，因为在瓦尔登湖畔黎明即起吸着新鲜空气的梭罗曾说："应该把这种清洁的晨气装瓶，放在店内，卖给都市那些很晚才起床的人们。"他的话只是说说罢了，我的主意却真能实行，不过，总要感谢他们这些大作家的提醒。爱逊逊曾说："记住一些大作家的诗句，想着那些优美的描写，你在乡下会得到格外丰富的享受。"我的记性本来很坏,诗又读得不多,要记也无可记。好在来果园时没有忘记带几本散文,总算也一样印了他的话,比起那些鸟来,我这位果园的食客,的确是有着更丰富的享受。

# 今日曲园

◎邓云乡

　　在七十多年前,苏州的许多名园中,有四座小而精的园子,同负一时雅望,那就是顾子山的"怡园"、李眉生的"蘧园"、沈秉成的"耦园"以及马医科巷的"曲园"。其中"曲园"最小,而名气最大。这不单纯是因为建筑的精美与否,更重要的是"园"以"人"名。因为俞曲园老先生的学术名望太大了,当年不只是国内仰望,即在国外也是很有名的,所以"曲园"在旧时吴下名园中,是最负一时盛名的了。

　　曲园在马医科巷。从景德路斑竹巷进去,往南走不远,左手一转弯路北第一家就是曲园和春在堂旧址。

　　六月中,夏景初长,门户幽静,苏州有些里巷变化不多,这里外面看大体上一如昔年。曲园先生去世于一九〇六年,因之七十多年前老人居住时景情,犹可仿佛想象一二。从偏西的新开的一座大门进去,门内东向三间,是一座新盖的汽车房,完全是新东西,看不出旧时的痕迹。再往里走,就都是旧时的老屋了。先是一个小院,房舍都是南北向的。南向的三间已改为玻璃窗,现在是"苏州物资协作办公室"。北向的两间,仍旧是老式的"和合窗",左右对开,每间六扇,两头三连环木牙子,中间竖槅,造型朴实,看得出还是百年前的旧物。旁边有一树紫荆花,不十分大,是几十年前所植,不是百年老树,

旁边还有一口旧石井。平伯夫子曾因看了我的文章,来信说:

> 读之如身历其境,不胜感慨……南向有玻璃窗者,盖
> 即昔年之春在堂,其后即曲园。

这里房舍未改建,如恢复"曲园先生著书之室"的老样子,并不困难。据闻湘乡曾氏所书"春在堂"三字尚在,虽然原匾已失,但只要重新刻块匾挂上就可以了。

由物资协作办公室东北隅,走进一个角门,是一座厅,现为苏州物资协作单位的会场,木架结构仍十分完整,室中四根明柱,木料、基石均好,我当时误认这里就是"春在堂",平老信中告诉我,这里是当年的"乐知堂",其匾是彭玉麐所书。这座厅前面有一小天井,天井中的地平砖仍很整齐。迎面是很高的风火墙,中间一座水磨砖院门,现已封闭,可以看出,是当年正门进来直入"乐知堂"的第二三进院落的院门。门上有刻砖横额,小篆"金榦玉桢"四字,十分完好,无款。我原猜想可能是曲园老人所书,后平老信中说:这原来就有,并非曲园老人书。

由物资协作办公室大门出来,往东,旧时曲园正门现已破旧封闭;再往东,进一屋旁小弄,蜿蜒可至曲园后面各排院落;东北方向墙外有一老银杏树,望之郁郁葱葱,高约四五丈,颇令人有故国乔木之思。银杏树龄很长,这株银杏,估计也有二百年上下。当时我想:曲园老人昔年居住时,这株银杏应已十分婆娑了。在北京面见平老时,谈起这株银杏,平老莞尔而笑,十分感兴趣,告诉我说,他小时候这株银杏树就十分高大了。先生已是高龄,说到这七十多年前的事,不禁使人想到古来的"树犹如此,人何以堪"的感慨,如果人像银杏那样坚强长

寿,又何必有此感慨呢?

东部院落二三排,房屋大都南向,皆为曲园当年旧屋;屋架木料大多完好,没有经过改建。最后一排老屋,其西北隅有小屋数楹,是昔日园中长廊改建的。这些房屋中住着不少居民,西面一间小屋中住着一对老年夫妇,十分客气,让到屋中参观,见昔日廊间嵌壁石刻尚在,每一小室二方,一排小室三间,应尚有五六方之多。二位老年夫妇室中的两块,字迹完好,上刻"秦会稽刻石残字"、"内惠汶长州"、"咸丰十一年"等字样,虽室中光线昏暗,仍依稀可见。在京时曾讲给平老听,先生极感兴趣,莞尔笑问:"还在吗?"真是,如能同先生一起看看多么好呢? 关于西部之情况,平老看了我《今日曲园》一文后,信中说道:

> 其西墙嵌有会稽刻石者,其地即达斋外之长廊,已到园的尽西头了,石井非旧物,当初有池子,所谓空心砖为琴桌,故物也,非汉砖。

这里可以看清楚:现在最后一排房子,即当年的"达斋",隔成小房间住人的,即当年的长廊。这些小屋前,现在有一口井,据信中看,当年这里是水池。再有所谓"空心砖"是怎么回事呢? 原来后排房子有一户人家窗下,用一块大"空心砖"搭了一个花台,上面摆花盆杂花,我猜想是"汉砖",是曲园旧物,经平老信中指明,恍然大悟,原来是"琴桌"。但有一点我居然猜对,这的确还是"曲园故物"。现在用它作为花台,放置盆花的新主人,大概想不到这是七十多年前,曲园老人的琴桌吧。

所谓"曲园",因为它是一个西面一长条、北面一长条、"曲尺形"的园子,面积并不大。现在在曲园旧址西部,即邻斑竹

园

巷一边,盖了一所简易的三层宿舍,占地约二百平方米,正是"曲园"胜处。如果要修复"曲园",这所房子是必须拆除的。不过修复"曲园",对保存文化古迹,开展旅游事业,还是很有意义的,不仅在学术文化上有很大的影响,即使从旅游经济上考虑,也是值得的。当年苏州四所齐负一时声誉的名园,怡园早已开放,耦园虽在城东一隅,也已修复开放。我想"曲园"接待参观者,为期也不会太远吧!

# 菠萝园

◎杨朔

莽莽苍苍的西非洲大陆又摆在我的眼前。我觉得这不是大陆，简直是个望不见头脚的巨人，黑凛凛的，横躺在大西洋边上。瞧那肥壮的黑土，不就是巨人浑身疙疙瘩瘩的怪肉？那绿森森的密林丛莽就是浑身的毛发，而那纵横的急流大河正是一些隆起的血管，里面流着掀腾翻滚的热血。谁知道在那漆黑发亮的皮肤下，潜藏着多么旺盛的生命。我已经三到西非，这是第二次到几内亚了。我却不能完全认出几内亚的面目来。非洲巨人正在成长，每时每刻都在往高里拔，往壮里长，改变着自己的形景神态。几内亚自然也在展翅飞腾，长得越发雄健了。可惜我没有那种手笔，能把几内亚整个崭新的面貌勾画出来。勾几笔淡墨侧影也许还可以。现在试试看。

离科纳克里五十公里左右有座城镇叫高雅，围着城镇多是高大的芒果树，叶子密得不透缝，热风一吹，好像一片翻腾起伏的绿云。芒果正熟，一颗一颗，金黄鲜美，熟透了自落下来，不小心能打伤人。我们到高雅却不是来看芒果，是来看菠萝园的。从高雅横插出去，眼前展开一片荒野无边的棕榈林，间杂着各种叫不出名儿的野树，看样子，还很少有人类的手触动过的痕迹。偶然间也会在棕榈树下露出一个黑蘑菇似的圆顶小草屋，当地苏苏语叫作"塞海邦赫"，是很适合热带气候的房屋,住在里边,多毒的太阳,多大的暴雨,也不怎么觉得。渐渐进入山地,棕榈林忽然间一刀斩断,我们的车子突出森林的重围,来到一片豁朗开阔的盆地,一眼望不到头。这景象,着实使我一愣。

一辆吉普车刚巧从对面开来,一下子煞住,有人扬了扬手高声说:"欢迎啊,中国朋友。"接着跳下车来。

这是个不满三十岁的人,戴着顶浅褐色丝绒小帽,昂着头,模样儿很精干,也很自信。他叫董卡拉,是菠萝园的主任,特意来迎我们的。

董卡拉伸手朝前面指着说:"请看看吧,这就是我们的菠萝园,是我们自己用双手开辟出来的。如果两年前你到这里来啊……"

这里原是险恶荒野的丛莽,不见人烟,盘踞着猴子一类的野兽。一九六〇年七月起,来了一批人,又来了一批人……使用着斧子、镰刀等类简单的工具,动手开辟森林。他们砍倒棕榈,斩断荆棘,烧毁野林,翻掘着黑红色的肥土。荆棘刺破他们的手脚,滴着血水;烈日烧焦他们的皮肉,流着汗水。血汗渗进土里,终于培养出今天来。

今天啊,请看看吧,一马平川,足有几百公顷新开垦出来的土地,栽满千丛万丛肥壮的菠萝。菠萝丛里,处处闪动着大红大紫的人影,在做什么呢?

都是工人,多半是男的,也有女的,一律喜欢穿颜色浓艳的衣裳。他们背着中国造的喷雾器,前身系着条粗麻布围裙,穿插在叶子尖得像剑的菠萝棵子里,挨着棵往菠萝心里注进一种灰药水。

董卡拉解释说:"这是催花。一灌药,花儿开得快,结果也结得早。"

惭愧得很,我还从来没见过菠萝花呢。很想看看。董卡拉合拢两手比了比,比得有绣球花那么大,说花色是黄的,一会儿指给我看。可是转来转去,始终不见一朵花。我想:刚催花,也许还不到花期。

其实菠萝并没有十分固定的花期。这边催花,另一处却在收成。我们来到一片棕榈树下,树荫里堆着小山似的鲜菠萝,金煌煌的,好一股喷鼻子的香味。近处田野里飘着彩色的衣衫,闪着月牙般的镰刀,不少人正在收割果实。

一个穿着火红衬衫的青年削好一个菠萝,硬塞到我手里,笑着说:"吃吧,好朋友,你尝尝有多甜。要知道,这是我们头一次的收成啊。"

那菠萝又大又鲜,咬一口,真甜,浓汁顺着我的嘴角往下淌。我笑,围着我的工人笑得更甜。请想想,前年开辟,去年栽种,经历过多少艰难劳苦,今年终于结了果,还是头一批果实。他们怎能不乐?我吃着菠萝,分享到他们心里的甜味,自然也乐。

不知怎的,我却觉得这许多青年不是在收成,是在催花,像那些背着喷雾器的人一样在催花。不仅这样,我走到一座小型水库前,许多人正在修坝蓄水,准备干旱时浇灌菠萝。我觉得,他们也是在催花。我又走到正在修建当中的工人城,看着工人砌砖,我又想起那些催花的人。我走得更远,望见另一些人在继续开垦荒地,扩大菠萝田。地里烧着砍倒的棕榈断木,冒着带点辣味的青烟。这烟,好像也在催花。难道不是这样么?这许许多多人,以及几内亚整个人民,他们艰苦奋斗,辛勤劳动,岂不都是催花使者,正在催动自己的祖国开出更艳的花,结出更鲜的果。

　　菠萝园四围是山。有一座山峰十分峭拔,跟刀削的一样,叫"钢钢山"。据说很久很久以前,几内亚人民的祖先刚从内地来到大西洋沿岸时,一个叫"钢钢狄"的勇士首先爬上这山的顶峰,因此山便得了名。勇敢的祖先便有勇敢的子孙。今天在几内亚,谁能数得清究竟有多少"钢钢狄",胸怀壮志,正从四面八方攀登顶峰呢。

1962 年

# 黄石公园来去

◎於梨华

　　来去三千里，匆匆两星期。说不上游山玩水，只能说掠过几个州，观赏几处胜景，变换了十几天生活方式。主要的还是在山水之外，领略了一下美国中西部的风物人情，捕捉了点在围墙之内寻不到的常识，或是感想。

　　从芝城出发，先访伊州首府斯普林菲尔德近处林肯总统居住过六年（一八三一——一八三七）的纽色伦公园，该处在一九三一年开始修盖林肯居住期间的村庄，尽量仿照旧时形状。看起来，它和中国偏僻的简陋村庄没有分别，粗糙的木屋，低矮的屋檐，木栏里的家禽，木栏外的泥地。木屋里摆设着粗陋的碗碟，笨重的家具，狭小的木床，凡是林肯和他的友人用过的，如今都成国宝了。

　　在六月的炎阳里，从一小屋走到另一小屋，踏着泥沙，吸着尘土，恍惚走回自己的农村，一切都是贫穷与简陋。但是一转身，远处停车场中密密排着流线型的轿车，在正午的阳光里，闪着物质文明的光亮，使人不得不惊讶，这个后生的国家，在短短的百余年间，竟跳过了几十个百年？纵令我们这些自认为拥有几千年文化的古国怎样讥笑它没有文化，我们也无法不承认这个年轻的后生自有它可畏的地方。

　　过了伊州，就进入密苏里境界，掠过圣路易丝城的外围而

园

达哥伦比亚城。当年出国,原意是来密大读新闻,谁知辗转十年才来到它跟前,不是做学生,而是用游客的身份来偿当年的弘愿呢!城很小,也很安静,校舍没有什么特色,校吧!原是为了看望在该校求学的弟弟而去,到时才发觉没有他的地址。我手执电话簿,站在公用电话的小笼里,找出中国姓的人家,一家家询问,虽然没有给我所需的地址,却找到了异样亲切的关心,小城的温暖。

密州的西邻是堪萨斯州,一个荒凉贫瘠的地方。开几小时的车子都不见人烟,只有几只被太阳晒得抬不起头来的黄牛,点缀在荒地里。沿路的几个小城,小得人口都不满千,只能称之为镇,完全是小镇的寂寥。而居民的服装及谈吐,也只能归入庄稼人。小店里吃早餐的,除了庄稼人,就是正牌的牛郎了。脚上穿长靴、腿上裹牛仔裤、头上戴卷边帽、用手背当餐巾的粗汉。那天近黄昏时开过一个小镇,看到路边盖在沙尘里、立在朦胧的暮色中的木屋,及屋前台阶上坐着的,赤着脚、抱着膝、等待着夏日长夜的庄稼人,不由得想起福克纳笔下南方小镇里,在暮色中默默地吸着烟的人物。他们看过多少旅客匆匆来又匆匆过去,留给他们的仅是一层层飞起旋即消失的尘土。在阴暗中,我看不到他们的眼光——是带着羡慕呢,还是带着讥讽?抑或是一股毫不关心的漠然?不能想象。也许他们一辈子也没有离开过荒漠的小镇,不要说没有到过纽约,甚至没有到过邻近的堪萨斯城,当然也没有看见过该城富户区 Mission Hill 里那个富孀所居价值百万的房子。这,何尝不是他们的幸福!

过了堪州,是新兴的柯罗来达州,明亮光洁的丹佛城有崭新的二十二层楼的海尔登旅舍,穿过玻璃为顶的圆廊,就是豪华的 May D. J. 服装公司,闪亮的橱窗里排着用瑞士纱织出来的晚礼服。拥挤的闹街 Goltax 上眨着鬼精灵似的霓虹灯。虽然远不如纽约百老汇那一带繁华,却有另一种新兴可喜的意味。市郊一片青翠,近处出名的洛基山(Rocky Mountains)翁郁的是树,闪亮的是树间的太阳。盘山而上的公路,蜿蜒曲折得教人想起贵阳重庆间难以捉摸的山道! 洛基山里有好几个令人叹赏的湖。曾经为了一个梦湖探索而上,山间醒目沁心的新鲜空气迎面扑来,才稍减爬山之苦。梦湖较熊湖小巧,躲在峭岩后,裹在雪衣里,一平如镜,映着远处山巅的雪光,银亮而幽暗,怎不如梦! 我猛然忆起爱默生说过的一句话,"在大自然永恒的平静里,人找到了自己。"我不记得在那一时刻,是否找到了我,但知道在对湖而坐的几分钟内,我至少忘却了一切平时纠缠着我的微不足道的烦恼。

离柯州北行就到怀俄明州了。外围有若干印第安人居留区,可惜没有看到人,有几个印第安孩童在路旁玩,穿了寻常人家的衣裳,除了眼珠特别乌黑,神情稍带迟滞外,和一般孩子没有不同。怀州沿公路处,也是了无人烟,但景色没有堪州荒凉,田野稍有绿意。黄石公园在该州西北角,直伸入毗邻的芒坦那州。横穿公园,有一百多英里,这是只就可以行车的公路而言。另有小路,可以探索到山的深处,没有试,也就不知山深几许了。黄石的海拔是七千五百尺,所以在山上的几夜,不是拥被而卧就是炉火熊熊,直到天明。夜间气温降至华氏四十度,寒风刺面,使我想到去夏在阿里山度过的"缩成一团"的夜。

黄石公园并不在美,而在于奇。奇景包括冒地喷出数十丈的沸水(Geysers),沙地上的盆地(Basin),盆地里滚沸得滋

园

滋有声的硫磺水,味比阳明山的强烈,而色泽十分澄清。盆地各有逗人遐思的名字! 晨媚,少女瞳,热浪,古堡等等。有些盆地,盛着非常青翠或珊瑚红的硫磺水,夜晚月亮上来之后,它们闪闪烁烁,美得几乎有点虚无缥缈。喷泉最有名的当然就是老诚客栈(Old Faithful Inn)前的老诚喷泉。顾名思义,那个喷泉是按时而来的,每隔八十分钟必喷射一次,数十年如一日。沸水一股劲往上冲,像个着魔的野兽,然后又像败兵似的倒散下来,喘着气。盆地最出色的,是巨站 Mammoth 的"热流",周围的地面都被这池巨大碧绿的硫磺水炙得惨白酥松了,手指轻按一下,纷纷散落下地流下来,透着丝丝缕缕几乎看不见的烟雾。除了喷泉盆地之外,还有峡谷奔瀑,小湖流溪,峡谷既没有桂林一带的奇特俊秀,瀑布更比不上尼加拉的豪伟壮观,而湖光水色也远不如昆明的明媚。尤其是黄石湖,浩浩荡荡,平凡的一片,既失去了湖的腼腆,又毫无海的跋扈,完全没有一点个性。

整个公园,分为七个名胜区,由南而西北而东;共有老诚站(Old Faithful)以喷泉为胜,巨站(Mammoth)以盆地为胜,罗斯福栈(Roosevelt Lodge)以老罗斯福曾落居该店为胜,峡谷村(Ganyon Village)以灵感点(Inspiration Point)的瀑布峡谷为胜,钓鱼桥(Fishing Bridge),黄石湖(Yellow-Stone Lake)以湖为胜,以及西指(West Thumb)以黑色沸盆为胜。

在公园的几日盘桓,最尖锐的感觉是清新的空气所带来的精神松散,从一个胜处走到另一胜处,拖着步子慢慢荡着,再也感觉不到在市尘里被时间追在脚后跟那样的喘不过气来。这种松散得近乎慵懒的情绪,在黄石毗邻的偶倪公园(Teton National Park)尤其尖锐化。偶倪没有奇景,但充满了

174

抚心宁魂的优美。一派清湛的积白雪的远山，几个明浩灵巧的湖，静穆苍郁的松林，几乎是闻不见语声的山谷，叫人不能相信它是在美国。珍妮湖(Jenny's Lake)上洗濯堤边卵石的轻波，卡得儿湾(Colter Bay)前落日临去时的柔光，都使我重新获得数年来弃我而去的宁静。

黄石与偶傥两个公园，每年自六月至九月的季节中，用了将近八千大学生来应付拥至的旅客，黄石用了五千。他们来自天南地北。其实山上的报酬并不高，月薪约一百八十左右，扣了一半膳宿费，只拿到九十大洋，比起有技术性的暑假工作，差得远了。可是山上有的是温煦的气候，闲散的气氛，别致的景色，静止的四周，山上有的是工余之后，无拘无束地游山玩水，所以每年上山应征的十分拥挤。可惜酒，寻衅生事，甚至有殴打成伤等案子闹出来。而去黄石的游人，年老的固然能在湖边山侧静坐，领略山水之美，多数的人还是把动的生活带上山了，草地上抛球掷旋盘，水面上有自带的汽艇，震醒一池湖水，连钓鱼都是机器竿，一长排站在堤边，只听见丝丝的机器声，完全失去了中国人"孤舟蓑笠翁，独钓寒江雪"那种情趣。

在山上虽仅几天，却遇旧知，也结新交。一个是台大的同班同学，在偶傥的杰克逊旅舍中充司阍，一别数年，我几乎认不得他，他也愣愣的，好久才想起我的名字。原来他出来也有六七年，在南部读了几个学校，从文转到商，从商回到文，一再蹉跎，至今仍是青衫一袭，博士帽还在天边飞。暑假之后，不知何去何从。我也默然，无以相慰。留学生的光彩都照在学理工的头上，三年一顶帽，五年一奖牌，在阴暗的一面站着读文法的学子，捆在文字的艰难里，一年年地挨着。他似乎不愿多谈,我们互相询问了几个同学的近况,就匆匆道了别,谁知道这一别又是多少年呢? 在黄石的峡谷村,遇见一位娟秀端雅、生在上海、长在巴西、讲得一口流利国语的女孩。她去年只身自南美来,在密苏里的海那鲍(Haunibal,马克吐温出生地)的一个小学院读化学。近月来巴西内政混乱,她的经济来源被切断,她竟寻索到了山上,天天做八小时"她一口也不能吃"的三明治。她说一年来最受不了的乃是见不到东方人的寂寞。她见到我时的喜悦,着实使我到了窘迫的地步。离山时我曾怂恿她来艾城求读,她需要东方人的温情,而艾城更急需温婉娟好的单身女性。在巨站的咖啡室里则遇到一个中美混血的男孩,母亲是东北人,他出生在天津,父母仳离后他随父回到美国,年前他父亲患心脏病逝世,他落在憎恨中国人的叔父手里,于是他提起行囊,就这样上了山。我们谈了几句,他即由皮包里抽出一张照片来,早已黄旧了,依稀看得出他母亲清瘦的面颊,削薄的嘴巴。怀中的眼,嬉笑着。他试着说几句中国话,十分不自然。但他向我提到他儿时的记忆时,却笑得十分自然,他说他希望能在学成之后去中国看看。那将是好多年后的事了,在这样安详宁静的山上,我要一心一意地领略风景,几年后的事,哪有心思去想呢?

下山的时候,路边的狗熊慢慢地走来相送。狗熊也是黄石公园的奇景之一,它们会用前腿挂到车门上,用爪子敲敲玻璃讨食物,也会缩着两腿学人立,睁着双灰蒙蒙的眼睛朝人痴望,一副愚骏模样。车子开走了,它也就迟笨地踱回林间,毫无恋意。我倒也不眷恋黄石的湖光山色,但回来之后,却时时在念着山上遇见的几个中国学生。

从怀俄明州的北部回来经过南柯达州,顺便去游了拉皮德城(Rapid City)近处的拉雪山(Mt. Rushmore)，瞻仰了该山出名的在花岗石上所雕刻的美国四大总统头像——华盛顿、杰弗逊、林肯及老罗斯福(Theodore Roosevelt)。每个人头，自前额到下巴尖有六十尺，立在山尖顶，远看犹如自云端下来。这个历时十四年的伟大雕刻工程，每年受到美国各个角落而来的千万旅客瞻仰。那天不是周末，天气阴暗欲雨，而游人如织，大家挤在山前仰望，我看着他们肃然起敬的表情，可以看出他们在崇敬中带点感激的意味。

出了南柯达，顺着明尼苏达州的南端，开回家来，开入威斯康星州时，再也不见荒凉，而是一片青绿。所经小城，亦不萧条，而忙忙碌碌的呈现一片都市气氛。经过威州的夏季儿童乐园威斯康星谷(Wisconsin Dells)时，正值美国国庆前夕，城里的旅馆，城外的客栈，无一空处，游人比黄石与偶觉两地加起来的还多，大家挤在街上，人缝里还挤着由商店游乐场泻出来的热辣辣的音乐，再也找不到山上那份宁静及懒散了。不过美国原是一个年轻火辣的国家，喜欢挤在人堆里消磨辛苦得来的两周假日，而没有古老民族那份沉静，能在深山里凭栏欣赏满目烟波。枯萎，门开处是一股霉味，书桌上的灰尘正在沉睡。我捡起门前堆积的邮件，捡起的，也是往常的生活。我不知道两周旅行是否获得了什么，也许只是一个好的回忆，这样就够了。

园

# 古园

◎诸文艺

　　坦荡的大街北面有一所古老的园子。丹碧的围墙,绕着园的四周。这墙因为禁不起多年的雨雪,所以上面的泥粉多半剥落下来,钻进地里作了草的根脚。有几处连砖块都已掉下,成了凹凸的缺罅。园的面积不上三四华里,从墙罅里可以窥见里面又凄凉又寂寞的景象。这园荒废的原因,说来尽可悲伤。大门掩着,门上的铜环,和朱红色的漆,都已被人家窃去的窃去,雨点溜下的溜下。进门才二十步,即是一座石坊,可是这石坊也为着遭了几次劫,已多残落地,不像从前那样地壮丽。底下穿过一条甬道,现在来了一位衰老的主人。甬道上的草,大半刈去。两旁是两个对峙的阁子,它那玲珑而美观的建筑,如今已变作断瓦颓垣,铺着离离的荒草。妃子们成日歌舞随着风儿钻入云去的飘飘仙乐,也不听得,只剩下忘情的雀儿,在那里赶着春光,理它们的歌曲。翩翩的蝴蝶,在那里一高一下地跳舞,对着花表示它们的乐意。离这坊不到数丈路,又是一方石池。池上跨着石梁,四周绕着一带石栏。石栏上本来放下各式的石狮子,现在歪倒的歪倒,断碎的断碎。池里晶莹的水,也已失了那明镜般的光彩,浮着片片落叶和掺杂的泥沙。园中那位衰老的主人叹息着说道:"这池边本有几株梧桐树的,我父皇常在树下纳凉。微微的清风,梭着树影;溶溶的明月,映着水光,这时真是水晶宫似的。父皇又欢喜填词,把词句编成曲子,教妃子们唱着。伊们婉转的歌喉,妖冶的姿态,真个把我父皇的灵魂束缚在沉沉的香梦里。现在那梧桐已遭斧斫,被人家削作了琴,弹出悲郁的声调。那般美人都已化了黄土,只见坟墓上开出艳丽的鲜花来。我父皇也作了古人,只剩下这些陈迹。什么风流韵事都不过是一个思想。"主人说着,掉下泪来。他那又清秀又慈祥的脸,苍白而稀疏的须发,人家看去只当他是一个田舍翁,哪里知道他是皇家的子孙呢!

两枝塔影,横卧在池畔。随着夕阳和新月迎送,有时候惊动池里的小鱼,在那里躲藏个不安。主人又摩挲塔上的苔藓说:"这里面原有父皇的笔迹,那时他吃了酒,乘醉题的,后来教石匠刊下。但那字样此刻已瞧不清楚了。"

零星的假山石,堆满了园的隙地。有些小的,被人家移到了院子里作了点缀品;有的虽仍留着,可是已受了刀剑的损伤,或经过火的焦炙,都不成了样儿。靠东首的墙脚边,两三亩地已被人家犁作麦田,种了蓬蓬的麦子。金黄色的茎子,总有齐腰般长。主人指着说:"我父皇曾在这所在种过数十本牡丹,什么白的,黑的,种种颜色,哪一种不全。每逢春风三月的当儿,那些花受着雨露的滋润,直比妃子们还要娇俏呢!有一年添开了几枝绝艳的花儿,我父皇欢喜得什么似的,便设了几席酒,召了几个风流的名士和那般有体面的大官,连热闹了几天,吟出数百首的牡丹诗,轰动满城的人,个个都传诵起来。说这牡丹也不过是一种花,生在皇帝园里,就有这样造化了。如今牡丹的根儿都已找不着,他们的命运也早已尽了。"

石池的北面,主人说:"当时是一所灵光殿。楠木的柱子,朱漆的栏杆,玻璃的鸳鸯瓦,大理石铺的崇阶。殿的周遭,都垂下珠帘绣幕。我父皇坐着一把虎皮椅子,真像天神一般。妃子们都是粉白黛绿,长裙细腰,争妍献媚的,再也没有一些儿忧虑。他们哪知道当时的金粉繁华,就是今日的冷灰残烬呀!"他说到这里又叹息一回。他所住的屋子,是灵光殿东面的数间。老屋黑黝黝的,墙壁才经过几闪火焰的熏炙。傍墙堆着残碎的瓦砾,不知事的野花,在那里伸出它的头来,似乎很愿意消受这古园的冷况。主人说:"这里原是朝房。我父皇暮年沉湎酒色,把朝政丢开,那班大臣天天早朝,在这处等得不耐烦,才得见皇帝一面。"灵光殿的后面抱着一所翠霞宫。看这宫的遗址,总有数十亩大。当时馆置着多少宫妃,伊们明星般的莹莹妆镜,如今都化作鬼磷萤火,在草地上一明一暗地闪烁。当年袅袅的丝竹余音,如今只听得蝉琴蛙鼓,在绿荫里鸣个不停。宫的北部,有方大理石甃成的玉华池。皇后和几个妃子趁着熏风醉人的时候,常在这池里洗浴。如今只开出几枝淡泊的荷花来。带着初过的新雨,倚着徐来的微风,似乎还在描摹当年轻盈婀娜的美人艳影。

主人卧室的窗外,有一口枯井。井上罩着几棵疏落的杨柳影儿。黄昏时候,井里往往透出一道摇荡的白光,主人独对着出神,并且滴下泪来。有时候,大着胆子,走近井边,那白光忽又没了。主人现出很惨白的脸色带哭说道:"那年敌人进城的一天,我已扮作百姓,混出城去。听说我父皇还在这园里作乐,后来敌人把园子围困了。他到底用汗巾和几个妃子一同缚着,抱了玉玺跳入井里去死的。"说到这里,他又不觉滚下泪来,继续发出一种很悲痛的声音来,嚷道:"呵！我父皇一生的雄才大略,都作了这园的替代!"主人说完这句话,只听得井底下的流泉,颗颗小泡,发出永恒的叹息……

# 故园之恋

◎钱歌川

暖气含芬绿满城，自悬蒲艾傍南荣。

红妆已见凝愁思，白水终期践旧盟。

梳柳春风应有迹，剪花燕子更无声。

岛居六度逢端午，不向归前罢耦耕。

这首歪诗是我四年前，即癸巳的端午那天写的，现在又到丙申的端阳时节了。在这宝岛的"乐园"里人人都有一种同样的感觉："时间过得真快呀！"战后从大陆上来的人，连我在内，原没有先民那种披荆斩棘、开疆辟土的精神，他们并不打算在此开拓新天地，建立生命线，至多也不过是想在这新光复的海疆，住一两年就回去的。他们之来，只是一种游历性质，并不是要在此安家乐业，企图发展的，所以没有人要作长住久安之计，换句话说，也就是没有人不想早日回家去的。我个人更是如此，远在七八年前，我在《台北邸居》诗中，就有"杜鹃频唤里，归梦入苍茫"的话，后来迁居南部，也写过"乡梦温柔魂欲返，哪堪旧事忆从头"的句子。真是一来就想走的，想不到一住就是十年，而且到今天仍旧归期难卜。"等是有家归未得！""每逢佳节倍思亲！"

想到家中的老母，十年有缺晨昏，音书断绝，无从问讯，真使游子有"芳草年年绿，王孙归不归"的感喟。陶渊明想到田园将芜,而有归去来辞之作,我们想到那些战后犹厌言兵的废池乔木,又将怎样呢? 陶令可以挂冠,想走就走了,我们无冠可挂,想走也走不了。年复一年,徒加深了对故园的怀念。

怀旧原是人们的一种癖好,尤其是"佳节屡从愁里过"的时候,更易想起过去的好日子来。过去的日子,总觉得是好的,第一是青灯有味的儿时,最值得我们的怀想和神往;其次是我们的青年时代,青春原是人生的无价宝,在这时期,你懂得了知识的价值,恋爱的味道,和有生的快乐。童年像幼苗,青年像花朵,一是天真,一是美丽;一个充满了希望,一个充满了能力。都是人生中最宝贵的阶段,在往后最可供人回忆的。

中年人已经自己有一个家,得到了温暖,再加上他正热衷于他的事业,无暇想到既往的事,所以怀旧的人还比较少。惟有上了年纪的人,眼前又没有什么赏心乐事,看见自己日益衰老,人生的幸福都为年轻人占去,只好追怀过去少年时的得意情形,聊慰此心的寂寞。所以怀旧几乎成了每个老年人必然的心理。他要怀想他的童年时代,怀想他的青春,怀想他的旧好,怀想他少年时的放荡,怀想他壮年时的腾达。如果他是离乡背井,远适异域,落魄多年,欲归不得的话,他更要怀念他的故园。那儿的一草一石、一水一木、凉亭曲径、秋月春花,莫不活跃在他的记忆中,再加上一些人物的面影,呼之欲出,随着那些人物而发生的事情,一幕一幕地呈现出来,他可以有永远想不完的往事,丢不掉的旧境,他可以生活在回忆中,而不至感到客边的苦恼。

前些时看了一个影片,中国的译名叫作《情断奈何天》,它给了我一个新观感,一种对怀旧的更有力的佐证。这是根据韩美顿巴素的名著(一九五四年美国十大畅销书之一)拍成电

园

影的,可惜我没有看到那本原书。故事大概是这样的:一个青年离开他故乡的时候,去向桑园的主人告别,适逢桑园易主,正有工人在搬运家私,他找到了他一向把她视作女儿的桑园的少主,他们在吻别时,他发现她已经不是个女孩子了,她已经成人,已经懂得了爱,而且已经爱上他了。可是他并不怎么留恋她。所以她留他却留不住,他为着自己的前途终于走了。临别,那女孩子告诉他说,她将来有一天要再回到桑园来的。

多少年后,那位青年因为办一件案子(他现在已经是一位大律师了),回到了故乡,借此得以重温旧梦。果然从前那位桑园的小姐,首先就到旅馆里来看他,又约他出去同游,她埋怨他不该忍心抛弃她出走,而且一去不复返,使她不得已只好嫁给一个粗人,从前离开桑园时,为他们搬运家私的一个工人,后来做生意发了财,竟收买了桑园,进而向桑园的旧主——那位出身高贵的小姐去求婚,虽然有点不知自惭形秽,但他确是有几分把握的,因为他知道她是立志要回桑园的,现在请她去做桑园的主妇,她还会拒绝吗?

她果然下嫁给他了,但她并不爱她的丈夫,她爱的只是那座有历史的桑园。现在她的旧情人回来了,她的初恋又复活了,她和那位大律师又如火如荼地热恋起来,已经协议彼此离婚后(大律师当然也早结婚了),使有情人得以终成眷属。她先去向她丈夫表示,想要离婚,以便与旧情人结合,后来大律师也去参加谈判,三人当面解决,可是她的丈夫深知她虽不爱他,但是爱桑园的,她虽愿意离开他,但不愿意离开桑园。所以他叫他太太跟她的爱人去商量,看是不是真要离婚,也就是离开桑园,他却先告辞去休息了。

于是一场热恋又冷静下来,她还是留恋桑园,不愿跟她的爱人离去呢。在无可奈何之中,挥泪送别她的情人,再度离开故乡,让他重回到他太太的怀抱去了。她之所以宁肯放弃她的情人,而不愿放弃她的故园,无疑她心中是经过一场苦战的。我想在她心里,她一定感觉到男人的爱远不如故园之情可靠,故园是永远爱她的,直到海枯石烂也不会变的,权衡轻重,她自然应该放弃那位热烈活泼的情侣,而保留这个冷静不变的庄园。

看了这场电影之后,我不仅感觉到人们对故园的留恋,实比对异性的恋爱,要来得更加热烈,更为持久,更有吸引力,而且又得到了一个新的见识:怀旧不只是老年人的专利,青年人也同样是免不了的。人人都有故园之恋,尤其是我们流寓海隅的人,更是要"听潮声故国,人倚西楼",望断云天,而不胜其乡思呢。

# 家园是故乡

◎杨新雨

　　家，是一个很温馨的概念，所有切实的人生幸福大约都可以包容在其中了。那种缥缈的幻想中的幸福，因为缺少凭依，总是空茫而易逝，而幸福的感觉停留于幻想中，也是因为还未曾拥有过真实的幸福吧。家是温暖的，是盛满了爱的，因此许多志士在表示决绝的态度时，便常说要舍弃了家，"匈奴未灭，何以家为?"

　　革命的氛围笼罩一切的年代，曾号召人们要以某种集体为家，比方有"以厂为家"、"以矿为家"、"以部队为家"等提法，教导人们要有一种"大家"的观念，而从各方面贬抑着自我的"小家"，这却也正暗示了"小家"的可爱。家本来就应该是小我的，便如我们总是赞美爱情的忠贞一样，家如果成了所谓"大我"的家，那就又成了集体或社会，那还能算是家吗?"挈妇将雏鬓有丝"(鲁迅诗)是引领着妻小共走艰辛的漫漫人生之路，全诗虽然是表达着与社会相关的悲愤情怀及其他较复杂的心绪，却于不经意间描写出一个感人的家的形态。

　　"别妇抛雏断藕丝"(郭沫若诗)，好像是为了表示民族的义愤和气节，而毅然决然地舍弃了日本的妻儿。虽然我不大明白，在当时的情形中，民族的义愤与气节，是不是一定要以抛弃妻儿来表达。

　　如今，决绝的心与需要决绝的事都不常有了，也不再有人以"小资产阶级情调"之类的话来责难人们，以示自己"领导阶级"的血性或刚性，所以如今大家都更多地谈着家，用很温馨的心情与态度，谈论家，本身便成了一件很温馨的事。而有关"家"的内容的读物，差不多成了发行量最大的读物。

从基本的形态来说，家都是一样的，但从细致处说，就各不相同了，尤其对家的感觉，那就更是千差万别，也正因为如此，生活才是丰饶而美丽的。

在我的心里，家的感觉还是停留在故乡。家里是坚忍劳作、说话无多的父亲，从早忙到晚唠叨不停的母亲，而自己是顽劣的整天滚闹在野外的浑身是泥土味的孩子。

故乡的"家"，那范围是比较大的，不像在城市里，"家"就只是局限在一所房子里，因此我觉得应该将故乡的"家"称作"家园"。

家园这个词于九十年代很时髦，尤其在前面再加上两个字，叫"精神家园"，更是高级了许多。因此我于此时使用"家园"这个词语就似乎有了攀附人家的高雅之嫌，或者像是在赶人家快要过去了的时髦。而如今家园的概念还在往大里长，可以代表整个地球了。因此我常常很困惑于原来熟悉的词语突然间时髦起来，突然被赋予了不凡的意义，使得我不敢轻易使用这本来是普通的词语。这就像一个小职员突然升了大官，使得人不敢以原本的态度来对待他。

故乡的家是有院子的，院子里栽有杏树、桃树，还有核桃树、枣树、桑葚树等。总之在院子里的树都是结果实的。到了季节，累累的果实拽弯了树枝，孩子们放了学就猴上树去，直到吃痛了肚子酸倒了牙，方肯下来。

院子里还有小菜园，长着自种自吃的蔬菜，不必去买菜，也没有地方可以买菜。刚刚还长着的菜，拔几棵起来，拍打几下泥土,一洗,鲜灵灵地下了锅。还有南瓜、豆角、黄瓜、西红柿等等,都可以等着它长到最好的时候才去摘取。

养一两头猪,一般是年终就要宰了吃的。宰猪时,母亲就闭了门,不忍看她每天喂食的猪被捅进刀子的惨状,虽然那惨叫声声入耳。而持刀的父亲却仍是面无表情,宰猪与干其他农活一样,在他并无明显的区别。而做孩子的,是又害怕又想看那宰杀的刺激场面,更在盼着吃肉。

满院子跑着鸡,而其中总有一只羽毛鲜丽的大公鸡,昂首阔步地巡视着,做出引领着众鸡的姿态;它们可以随意地跑到街上去觅食,但总会自己返回来,晚上就自己进窝、上架。主人再给它们插了鸡窝的门,防止黄鼠狼趁夜咬死它们,因为它们不像猫和狗,黑夜里仍然可以看清东西,人们甚至说猫与狗在夜里看东西更清楚,而鸡与人一样,到夜里就看不清东西了。鸡要多养几年,因为要它下蛋,等它不下蛋了,照样毫不留情杀掉煮了吃,乡村的人并无多余的慈悲心肠。

也有养狗的,但那时乡村里的狗都高大而挺耸,绝少那种低眉顺眼摇头摆尾的样子,也并无如今在城市里当作宠物的卷毛小狗,不知如今这宠物狗是不是就是过去村里人们鄙夷地叫作哈巴狗的那种狗?那时故乡的狗并不见了生人就乱叫、乱咬,它们的职责也不是看门,过去乡村并不怎么需要看门,一来是民风淳厚,二来是各家都互知根底,无须过多地防范。也没有被拴了绳子的狗。那时周围的山里是有许多野兽的,所以狗们的作用是守护整个村庄的。那些狗们也似乎大有古风,秉性深沉而勇毅,是狩猎时代的遗风吧,它们总在村外宽阔的田畴间三五成群地活动,常有追逐野兔的激动人心的场面。它们若在深夜里叫起来,人们会想,可能是狼进了村。儿时还曾听过村民绘声绘色地讲述狗与豹子搏斗的事：好像是为保护主人，许多狗与一只豹死战，但豹也可算是兽王，岂是狗所能敌？最后狗死亡大半，极其惨烈。

家养的牲畜都像是家庭成员一样，感情相通，惺惺相惜。有时你会在苍翠的山间小路上，赶一匹驴走着，比起骡马来，驴显得身单力薄，却很能负重，它可以驮着三百余斤重的东西，走十几里甚至几十里山路。在寂静的山间，只有你与它两个相伴而行，没有语言，却好像什么都感觉得清楚，有着共同的心绪。在牲畜对人的依从中，你会觉得牲畜是非常善良的，你还会觉得它们是非常苦命的。你会想，人除了有身体上的苦累，也有精神上的苦累，而牲畜又何尝不是如此？不过是你不懂得它罢了。而你是它的主人，你与它都知道这一点，但你不应该随意抽打它，你要关心它。走到有水的地方了，你要让它喝几口，路途较长时，你要让它在中途歇一会儿，喂它的食料，你应该弄得干净一点。

村民们常常上山去砍柴，在高高的山峰间，你会看见几个村庄，并能看见自家的房屋。当你看见了自家的房顶上已经升起炊烟，你感到的那种确实的温暖与幸福是无可比拟的。在夏秋之季丰茂的田野里，你坐在一个地埂上，看着被阳光浸染的某一片叶子，你会感到有一些东西在心里静静地滋长，你会感到一种奇妙的激动。

同一个院子里住着的邻居，大多都是一个族姓的，大人们有时不和气，但孩子们却总是私下里的玩伴，他们没有什么利害冲突，只有些小脾气小性子而已，他们一天也离不开对方。

而城市里的"家"，像是一个个笼子，里外都是表面的装饰，充满了化工材料的气味；而房屋又是被拔离了地面的，居

家园是故乡

189

园

住其中,是永远的不切实的感觉。应酬与交际是最重要的事情,物质生活总是被时髦引领着,你甚至根本就买不到不时髦的衣物与食品。而精神生活更是充满着虚饰的色彩。

故乡的家园只与我的童年与少年连在一起,如今我被城市生活所改造,早已习惯了城市的一切,事实上,我们不能够再返回故乡,正如不能够再返回童年与少年一样。于是对故乡和童年的忆念,就有了永久的价值。

于是我觉得,童年和少年时代能够在乡村里生活成长,是一种幸运,因为那是在初期的生命过程中拥有了自然的本真的生活基础,就像拥有那里的清新空气与本色的自然环境一样。我觉得自己因此拥有了真实生活的无限记忆,有了切实而丰富的心灵基础。

童年时候,在寂静的山乡里曾经感到心灵的荒芜和渴望,似乎很幸运地,终于走进了城市,领受了丰富的或者说纷繁的内容,有了各种新的欲望和新的满足,有了哲人似的感悟,自以为能够理解事物乃至世界的本质了,然而却无法消除精神上真正的荒芜感。

古人对心中的愁绪曾经有过充满无限诗意的表达,而如今精神上的孤寂感却越来越远离诗意,我们的精神日益凌乱,日益变异,我们无可消解,无可逃避,我们无法控制或摆脱自己。故乡也在变异,回忆的温馨也并不意味着原本的温馨,所谓温馨的童年,大多只是回忆所赋予的感觉。

如果我们曾经有过故乡的家园,那么,在我们离开它以后,我们就永远不再有家园了。

# 陵园明月夜

◎王平陵

　　时季已届隆冬,陵园的蜡梅,争吐清幽的芳香。到这里来玩耍的人,已全不是过去常来的游踪,他们早在五年前跟随抗战中心的移动,暂时离开神圣的首都。他们都抛弃悠闲的生活,为了祖国的复兴,直接间接参加民族解放的战争;而此刻留在这里,优哉游哉,聊以卒岁的一群享乐者,是许多忘记了自己的国籍,在敌寇卵翼下甘作鹰犬的新贵,是秦淮河边的歌女和下妓,是忘记了同胞被惨杀,妻女被强奸,祖宗的坟墓被践踏,仍旧恬不知耻,强颜事仇的奴种;此外,就是成群结队的以抢劫起家的岛国的海盗。这一群卑污的脚印,踏在庄严神圣的祭坛,照例是名山奇卉的耻辱;但是,大自然毕竟是伟大的,陵园的蜡梅,灵谷寺的常绿树,从深邃的山谷里流出的涓涓清泉,环生于寺院屋侧的篁竹,以及钟山上伞盖似的青松……这种种自然美妙的点缀,并不因这些鸟迹兽蹄的践踏,减少青翠的光泽,还是喷发触鼻的芳香,怒苗蓬勃的生机。大自然的慧眼,好像已从他们趾高气扬的现阶段,看到他们的消沉没落,就在眨眼即至的将来。便当作忽然添了一批人形的畜类,穿插在豺狼狐狗之中,遨游于山巅水涯一样,既无损于大自然的伟大,就让他们在灭亡之前,暂时满足一下兽性的享乐吧!

环绕于陵园一带的旷地,在七七事变以前,早经市政府当局划分了区域,让富有资产的人们,自由购置。有些已由许多从外国学成归来的建筑师,依照欧美流线型的新图案,精密设计,创造了一个地上的乐园;而属于陵园范围以内的花树、亭榭,随着季候所表现的形形色色,都是陵园管理处的技术师苦心经营的成绩。中山路是一条直达陵园、衔接京杭国道的干路,全用纯粹的最好的柏油,涂抹得光可鉴人;路的两旁,成荫的法国梧桐、洋槐、桃李,用常青的肥硕的叶子,遮塞住路面的隙缝。这一条弯弯曲曲的路,爬上中山陵最高的石级上望下去,就同一条青灰色的巨蟒,蜿蜒地从山洞里游出来似的。各式各样的车辆,发出混杂的鸣叫,像从大森林里跑出无数的怪兽,打陵园前疾驰而过。

　　游客们沿着中山路的人行道,悠悠自在地散步,一种飘飘然的神韵,可以忘却远足的劳苦;清脆的鸟语,音乐似的从树枝上漏下来,你可以欲行又止,领略一回悦耳的天籁,就是一个人在踯躅,也不会感觉寂寞的。待金黄色的太阳穿过茂密的树叶,箭似的射在平直的路面,幻成水晶一般的闪光时,就知道时已近午了。

　　沿中山路走着,出了中山门,不到一里多路就是明孝陵的残址,古道上,具体而式微的石马石狮,道貌岸然的翁仲,都静默地排列着。它们站在这里,在将近六百年的时期中,从未移动过一步;但一幕幕的人间活剧,不知几经变化,都在它们的眼前闪过去了。从这里可以一直爬到明孝陵的顶点,那是高度仅次于紫金山的一座山峰。在孝陵的左侧,是规模宏大的贵族学校,京杭国道懒洋洋地躺在学校的门前。从学校的后面走过去,是中山教育馆;我们耗资巨万,兴筑数年才告完成的全国运动场,就在馆址的附近,这些建筑物,像群星拱围了北斗似的,拱围着紫金山巅神圣的祭坛。

全国运动场面对着祭坛,如果在春秋佳日,全国的运动员们在这里竞走比剑,开展各种球赛,就同古希腊举行奥林匹克大祭时,号召全国孔武有力的英雄们竞技决赛的广场。

在陵园的范围内,每一寸土地都是洁净的,一花一木都是芬芳扑鼻、不染一尘的,不论哪一类型的建筑,都代表东方文化最崇高的意义,象征着国父宽大博爱、庄严慈祥的精神,而现在是给撒旦占有着作为施展罪恶的渊薮。重重的黑暗,淹没了人类的良知,使光明照不到这里,本来是地上的乐园,此刻是暗无天日、惨无人道的地狱,无数的牛鬼蛇神,正在阿鼻地狱里欢唱狂舞。

陵园的附近,还有许多私家的住屋,都是战前建造的,现在也给一班凶恶的撒旦拿去藏垢纳污了。就在紫金山的半腰,山峰凸出像孕妇快要临盆时的大肚,宽广、砥平,有一条马路连接着四通八达的中山路,从多年的老树林的枝丫里,远远地可以窥见一座壮丽的巨宅,是敌寇刚侵入南京时就动工兴建,预备招待东京、柏林、罗马,还有长春这些地方的贵宾的。现在,敌寇已变更了预定的用度,在这巨宅中所招待的,并不是从上列各地到南京去观光的贵宾,而是从河内投奔到敌寇的怀抱,由敌寇一手捧他上台的汪傀儡。

这巨宅的构造,竭尽其出神入化之能事,钢板制成的墙,比紧要的阵地还要坚固,每一个阁,一座楼,一条过廊,都有秘密的机关抵御突来的袭击。自汪傀儡移住在这里面,敌寇又添了一些在防御上认为是十分必要的设备。屋外,重重的电网,弯曲的壕沟,乃至各式口径的炮位……都像经过军事家的擘划,穷年累月所布置的工事。敌寇司令部派出的巡逻、武装的宪警,成日成夜,轮班换次地守住交通的要塞。敌寇为了爱护他,已不知浪费几许心血,耗去多少经费,敌寇要做到绝不使有任何的风险,损害汪傀儡的毫发。

这屋子,虽也是属于陵园的一部分,但和外界是完全隔绝的,是指定为不准游览的禁地。往来于陵园的人们,只能在遥遥的一角,偷偷地窥看一下屋子周围所摆布的杀人的凶器,起一阵内心的战栗。不经敌寇的特许,谁都无法朝见他们所谓的汪主席;那命令不能飞出屋檐的汪傀儡,要是得不着敌寇的照准,当然也不许自作主张,召见他所能指使的喽啰们的。他在名义上是这里最觉得好听的一个人,在表面上也是最被尊敬的一个人,而实际上是给敌寇当作一件活宝封锁在纯钢打成的箱子里,仿佛是传说的一只活妖怪封锁在西湖边的雷峰塔里一样。

汪傀儡住在那里,尽量享受着敌寇所赏赐的穷奢极欲的供奉。屋子里一切的装潢,尽是刺激性特别强烈的设备,例如:俗不可耐的大红花按时开放,朱色的绣榻,衬映着湖绿色的绸衾,常有一种不可名状的香气,冲进鼻子里去。人们只需一触到这些奇异的色香,那不可压抑的胡思幻想,就立即怦怦跳动。欲望像鲸鱼似的张开大嘴,要求着满足而不可得,反变为极大的苦恼,寸磔人类的天性与良知;墙壁上,悬挂了些古怪的漫画,是出自日本劣等漫画家之手故意描摹的裸体画——比下贱的春画还要恶劣十倍的裸体画。那些掌管广播事业的播音员,执行敌寇的命令,在汪傀儡进餐、休息、睡眠之前或者散步游玩的时间,把敌寇急于要提倡的"王道文艺",扬州调、泗州调、四季相思调、小放牛、苏州滩簧、十杯酒、十八摸……这一类的肉麻难耐的调儿更番播送，意思是要排解汪傀儡的寂寞，却愈益加重他的苦恼；因为这些歌声，是淫乐的，放荡的，有时候又是十分凄凉伤感的，这使他常不免产生身世之悲，急图趁着拙劣的诗兴之被挑起，把难于克服的胡思幻想，乞怜于又腐又酸的滥调，五言、七绝、古诗、长短句等等，尽情宣泄一回；不过，当他勉强写成一首诗，或填就一阕《卜算子》、《摸鱼儿》的词曲，再仔细吟诵了几遍，考虑若干次，觉得自己的心事，纵能转弯抹角地吐出一鳞半爪，可是，受了格律的限制，并没有能爽爽快快地说出。文字是终于无灵的，就是句斟字酌，内心的烦郁，生活的矛盾，依然存在。他从签订《日汪密约》，满足了主子的心愿，被主子敕封为汪记的主席后，关于个人的生活，已可暂时释念，他的主子在这上面已计划得异常妥帖，决不至于使他在生活上、物质的享受上，感觉缺少什么的，就是他们天皇陛下的日常供奉，也不会比他更安逸，更舒适；但是越是生活在万事满足的境遇里，越是美中不足，总好像还遗失了什么似的不能称心如意。他能在主子的栽培与保护下，实现了二十年来渴想的主席梦；可是，他不能做到也同中国古代的帝王似的，环绕在他的左右前后，罗列着六宫、九嫔、七十二御妃、八十二贵人，以及计数不清楚的美丽年轻的妇女，任凭他的选择，可以随意把羊车牵引到某一位宠姬的绣闼，作为发泄烦郁的对象，使还有一段作恶的生命，在骄奢淫逸中度过；而时时刻刻站在身后，站在他面前说话的声音，比男人更洪亮，发怒时，比狮子还要有威风的女人，只有一位常把他严加管束，连呼吸的自由都尽剥夺了的妻。他自以为是富于情感的人，能写出使自己下泪、使读者动情的诗，能制作那些带有颓废气息的妙句,也能对着盲目的趋炎附势者,以及被他麻醉了的众生,声泪俱下,装腔作势,在台上发表像煞极有内容而实际是毫无意义的话。这些话,在听的人,不以为是废话,而听完以后,谁也说不出他那感慨淋漓的声调里,究竟包含了些什么。他十分满意自己有这样一种感人的、煽动的技术;同时,又天生一副白嫩的脸——是大家公认为长春不老的美少年的脸蛋儿,因此,当他揽镜自窥,不免暗自神伤,想起隋炀帝说的两句有名的遗言:"好头颅,谁当斫我?"便立刻抽笔舒毫,填词一阕,借以透示难言的苦闷,把认为满意的精句:"艰难留得余生在,才识余生更苦……"时刻挂在嘴角,酸楚的眼泪,不自觉地淌在面颊上。这时候,他真需要得到些温柔的安慰,尤其希望听几句像音乐一般的甜蜜蜜的软语,能把人生的烦郁,暂时抛开一边的;但从妻的嘴里所接触的声音,都是些暗算别人的阴谋,生硬的政治新闻,以及可信不可信的情报,他不知道自己的太太从哪里搜刮到这些乏味的消息。当他看见太太拥起浮肿的横肉,高阔的身材,披了一件只有她的轮廓才算却却合度的黑大氅,慢慢地踱着,走近他的身旁时,常使他心胆俱碎,急图躲避,而又恐违抗她的逆鳞,在盛怒下咆哮起来,于是他就只得在极端憎恨的情形下,假装怡颜悦色的神气,恭聆清诲,听着她津津乐道地发出一大篇高谈阔论;唯唯地承认做这些,干那些了。太太的话,也同军部的敕令,天皇颁下来的诏书一样,他从不敢轻易拂逆的;所以,那些跟随汪傀儡卖身投靠的喽啰们,都已学会了一个升官发财的诀窍,就是,但求能打通汪太太的偏门,能够把自己没有灵魂的活尸,躲藏在她的黑大氅下,千方百计把握到她的喜欢。这样,他们的饭碗,就是钢制铁打的,任何险恶的风浪都能抵挡得住，断不会损坏了一只角落；而且，他们偷活在世上的余生，也就比保了寿险、兵险、水险、火险，一切的险，更要万无一失。老实说，他们如果得着了汪太太的掩护，就是开罪于汪傀儡，又怎么样呢，他还能违抗太太的意旨，迁怒于她所喜欢的人儿吗？正相反，要是喽啰们之中，有这么一个冲撞了汪太太，那他的命运，就算是完结了，就是他们的汪主席存心要爱护妻所不悦爱的人，也是爱莫能助的。汪傀儡极有自知之明，他不仅是敌寇御用的傀儡，而实在是自己的妻所操纵戏弄的玩具。他屡图挣扎，挣脱太太加在他颈项里的锁链。为了这，曾和他无话不说的心腹们从长计议，密谋应付的策略。有些心腹们由于巴结不上汪太太或和她发生利害冲突的缘故，颇想站在汪傀儡的一边，抱着满肚的抑塞，借题发挥一下的；可是，当汪傀儡一见到太太的"仪态"，一听到她可怕的咆哮，那些经过心腹们苦苦考虑所拟定的非常妥当而极有功于汪傀儡的妙策，不但无法实施，竟会彻底遗忘，连影子都记忆不起的。

在首都南京的每一块土地，每一条街巷，每一个城角……中国的爱国志士们是不会让那些奸伪和敌寇安安稳稳地享乐的。这些志士们在铁蹄的蹂躏下，冒着生命的危险，干那"潜水艇式"的工作，不幸，即被鹰犬的爪牙所擒抓，给敌寇绑到雨花台去打靶；甚至抽干鲜红的血液，灌进消过毒的瓶子里，送到野战病院，给受伤的鬼子们当作注射的补剂；或者是酷刑吊打，备受人世的惨苦，而至于丢弃了宝贵的生命；但决没有一个爱国的志士，慑服于敌寇的淫威，屈膝投降，冰结了复仇雪耻的心。南京始终是中国的领土，是中国神圣的首都，留住在那里的中国人，除了敌伪的一群，他们不做奴隶，不做敌寇的

园

鹰犬,他们即使不能表现出爱国的举动,他们的心也是光明的,纯洁的,是没有一时片刻忘记自己的祖国的。当敌寇初进城的时候,嗜血的敌寇,在下关火车站,车站附近的山冈上,神策门、太平门外的田野里,就把我们受伤的士兵,徒手的战斗员,逃不脱的老百姓,妇女、小孩,游戏似的杀戮了三十多万。他们经过这一次狂暴的杀戮,觉得中国人还是那么多,在数量上好像并没有减少了一个,才知道中国人是杀不尽的,他们预感到无限的仇恨已在中国人的心坎里生了根。终有一天在他们身上寻求加倍的报复的,他们眷顾到自己的将来,有些害怕起来了。特别是深居简出的汪傀儡,正不知自己死有余辜的残生,将在何时何地宣告结束。他虽也是四万万五千万人中的一个,但到了自己的一切都已交给敌寇,由敌寇任意支配时,便觉悟到他是中国人中最孤单的一个,最危险的一个。他闷居在那座屋子里,一天到晚,做着荒诞不经的梦,渴望在他的掌心里,真能握持生杀予夺的权力,能够充当名副其实的主席,可以由他来发号施令,为所欲为,如其所愿地毁坏一部历史,再捏造一部历史,这样,千百年后的人类,就无人知道他是一个破坏抗战、出卖民族利益的大汉奸,而也误认他是一位了不起的人物呢!他未尝不想从主子的严密监视下,抬起脖子,呼吸一次自由的空气;可是,那些喽啰们知道他将假托出巡的名义,企图走出变相的牢狱时,他们就会沟通敌寇,尽力阻止;敌寇们便故意在他住屋的周围,放射连珠似的排枪,谎称中国的游击队又来夜袭了,汪傀儡常吓得一佛出世,惟恐自己不能躲藏得更安全,更神秘。那些喽啰们更肆无忌惮,更可以沉浸在赌窟、烟窠,陶醉在夫子庙新开张的舞厅里,实行慢性的自杀了。

他一面痛恨中国的游击队，一面感恩保护他的主子，以及为了他的安全，进行着"扫荡"中国游击队的鬼子们；他只恨自己并没有什么可以报答主子的恩典。因此，他在喽啰们之中，虽犹撑持自己所应有的尊严，但在主子面前，决不敢摆出神气活现的模样，说明他是主席的身份。敌寇也知道他的底细，绝对无权束缚他们的自由。他们的天皇不过赐给他一个好听的名义，至于在名义下必须配合若干分量的"权力"，天皇没有赐给他。他们在心照不宣中，都默认他是一个徒具人形、缺乏人性的傀儡。

　　冬天的夜，海似的深了，下弦月扁着身体从紫金山的树尖上寂寞地滚下去，乏力的光线，斜射到高阁，穿进百叶窗，偷窥汪傀儡的卧室。他的沉迷的灵魂，忽被刺醒，使他合不拢睡眼，披衣走起，在屋子里踱了几步。呵哈一声，恍惚中，他久已熄灭了的智慧，像一盏暗黑的灯，骤然一亮，他才彻悟自己在生命的历程里，大部分的好时光，都白白地浪费了。他不知道抛弃多少次改过自新的机会，让自己忏悔前非之余，再做一个堂堂的人。现在，他已活到六十开外了，距离人生最后的终点。一天迫近一天，他为什么不能趁上帝留给他的无限好的余晖，干出一点于国家民族有益的工作，保全自己的晚节，让将来的历史学家表示赦宥的论评呢！冷酷的现实，已向他提出最严厉的警告："一切的机会，全都消逝了。"他的自传，已写到煞尾的一页，虽然他的躯壳还是活着的，他的一生，已到盖棺论定的阶段了。面前是坚硬的石壁，证明他已走近人生的尽头，他实在找不出任何理由原谅自己的错误了。那在昏黑中亮起的智慧，使他清楚地照见过去和现在的罪恶，他深感刺痛。

他轻轻打开窗子,瞪大眼睛,从紫金山麓,看到陵园的周遭,看到一块乌云盖着冷静的古城,稀疏的路灯,在夜风中抖动。田野是静穆的,只有山中的树叶瑟缩声,毫无变化地击动他的耳膜。城里冒出的灯光,隐隐地渲染着玄武湖旁的北极阁,像一只巨大的怪兽,将要展开四趾,逃出城圈,向原野里狂奔似的。把北极阁做目标,他还能部分地说明这城市在以前有些什么机关。他在五年前常到的地方,是行政院、铁道部,是丁家桥中政会的议场;那时候,他记得在中政会开完了会,道经外交部时,还要把汽车开进去,坐在虚位以待的第一把交椅上,向那些诺诺承命的属员,询问几句无关痛痒的废话或无可无不可地翻翻堆在案头的例行公事呢!南京高高的城墙、北极阁、紫金山、玄武湖……还同从前一样。

　　突然,高阁下响起打更的声音,那惊心动魄的号角,从山后敌寇的营部里,呜呜地传来;接着,成队的铁蹄,像担当了夜巡的使命似的,打紫金山麓"切擦切擦"地蹑过去,他警觉自己此刻所栖止的地方,是敌寇卵翼下的南京,并不是五年前的南京呵!当四万万五千万的中国人正和敌寇拼死活的今天,只有他,和他所役使的无耻的喽啰们,悄悄地回到敌寇侵占的南京了,他们回南京,可说是在中国人中最早的一批了。昔日的光华,是渺茫的回忆中偶然一闪的"黄粱梦",已同吹向空中的肥皂泡,被无情的狂风撕得粉碎。面对着就要到来的悲惨的命运,周身的血液循环起了剧烈的收缩,一颗充满忧闷的心在凄凉无比的寂寞中,感到一阵彻骨的寒冷。他便随手关上百叶窗,机械地转回来,扭亮电灯,走近书架,乱找一回丢在书架上的旧稿。他抽出一首诗,掠一掠有些模糊的视线,粗略地瞟一下,觉得很满意,确实能道尽他的心事,解消他的苦恼。神

经质地发出低闷的声音,他若断若续地念下去:

> 去恶如薅草,滋蔓行复萌,
>
> 掖善如培花,芒芒不见形。
>
> 平生济时意,枨落无所成,
>
> 欹枕忽汍澜,中夜闻商声。
>
> 愿我泪为霜,杀草不使生,
>
> 愿我泪为露,滋花使向荣,
>
> 不然为江河,日夜东南倾。

念完了一遍,又一遍,连念了好几遍,默揣隐藏着的诗意,残酷地笑起来,一面在屋子里徘徊,一面根据他天书似的诗句自言自语:

> 我要杀尽爱国的志士,无奈越杀越多;
>
> 我要栽培尽忠天皇的朋友,
>
> 可恨栽培未成,都纷纷逃走。
>
> 我效忠于天皇的苦心呵! 永不会实现了,我只有痛哭。
>
> 半夜里,听被杀者的惨号,我靠枕哭到天晓。
>
> 我愿泪化为霜,把志士们斩草除根;
>
> 我愿泪化为露,滋养些效忠于天皇的花,皆大欢欣。
>
> 要不然,我就只有痛哭。
>
> 哭得眼泪汪汪,像江河一般地流,
>
> 向东南流,日日夜夜,
>
> 流向东洋大海里去。

说完了,他又愤怒地把这首诗丢在原来的书架上,深深地发出一声阴沉的叹息,随后,就像一条疲乏的蛇,无力地躺在床上。他不愿再从这些方面去想了,尽可能地把支配思想的脑系组织,回复到平静的状态。

他伸直了脚安睡着,像死过去一样。月光沿着紫金山麓的树尖,渐渐沉落下去。

# 敬　　启

　　因为某些技术上的原因,致使本书的个别作者尚未能联络上。敬请见书后,即与责任编辑联系,以便我们及时奉上样书与薄酬,并敬请见谅。